Selma Lagerlöf

Dunenkind

und andere Geschichten
von Liebe und Leid

Übersetzt von Marie Franzos

und Pauline Klaiber-Gottschau

Selma Lagerlöf: Dunenkind und andere Geschichten von Liebe und Leid

Übersetzt von Marie Franzos und Pauline Klaiber-Gottschau.

Neuausgabe
Herausgegeben von Karl-Maria Guth
Berlin 2016

Umschlaggestaltung von Thomas Schultz-Overhage unter Verwendung des Bildes: Edvard Munch, Morgen, 1884

Gesetzt aus der Minion Pro, 11 pt

Verlag: Henricus - Edition Deutsche Klassik GmbH
Mörchinger Str. 33, 14169 Berlin, info@henricus-verlag.de
Druck: Libri Plureos GmbH, Friedensallee 273, 22763 Hamburg

ISBN 978-3-8430-9315-6

Bibliografische Information der Deutschen Nationalbibliothek

Die Deutsche Nationalbibliothek verzeichnet diese Publikation in der Deutschen Nationalbibliografie; detaillierte bibliografische Daten sind im Internet über www.dnb.de abrufbar.

Inhalt

Dunenkind

1.

Ich meine, ich kann sie sehen, wie sie abfuhren. Ganz deutlich sehe ich seinen steifen Zylinder mit dem breiten, geschweiften Rande, wie sie in den vierziger Jahren des neunzehnten Jahrhunderts Mode waren, seine helle Weste und seine Halsbinde mit der Schnalle. Ich sehe auch sein schönes, glattrasiertes Gesicht mit dem winzig kleinen Backenbarte, seinen hohen, steifen Kragen und die sich auch in seinen geringsten Bewegungen zeigende anmutige Würde. Er sitzt rechts im Wagen und ergreift gerade die Zügel, und neben ihm sitzt das kleine weibliche Wesen. Gott segne die Kleine! Sie sehe ich noch deutlicher. Wie auf einem Bilde habe ich das schmale Gesichtchen und den Hut, der es umschließt und unter dem Kinn zugebunden ist, das dunkelbraune, glattgekämmte Haar und das große Umschlagetuch mit den gestickten Seidenblumen vor mir. Aber der Chaisewagen, in dem sie fahren, hat natürlich einen Stuhl mit grünen, gedrechselten Stäben, und natürlich ist das Postpferd, das sie die ersten zehn Kilometer ziehen soll, einer von den kleinen fetten Braunen.

In *sie* bin ich vom ersten Augenblick an verliebt gewesen. Eigentlich hat das gar keinen Sinn, denn sie ist das unbedeutendste Geschöpfchen auf der Welt, aber als ich alle die Blicke, die ihr folgten, sah, bin auch ich gefangen worden. Erstens sehe ich, wie Vater und Mutter ihr von der Tür des Bäckerladens aus nachschauen. Vater hat sogar Tränen in den Augen, aber Mutter hat augenblicklich keine Zeit zum Weinen. Mutter muß ihre Augen gebrauchen, um ihrem Mädel nachzusehen, solange es ihr noch zunicken und zuwinken kann. Und dann folgen natürlich fröhliche Grüße von den Kindern in der Hinterstraße, schelmische Blicke von all den kleinen niedlichen Handwerkertöchtern hinter Fenstern und Türenritzen und träumerische Blicke von einigen jungen Gesellen und Lehrlingen. Doch alle sehen ihr nach, als meinten sie es gut mit ihr und wünschten sie bald wieder zurück. Und darauf kommen die unruhigen Blicke armer Frauen, die vor die Tür treten, knicksen und die Brille abnehmen, um sie in ihrem Staate vorbeifahren sehen zu können. Doch ich kann nicht sehen, daß ihr ein einziger unfreundlicher Blick folgt, so lang die Straße auch ist.

Als sie nicht mehr zu sehen ist, wischt sich Vater rasch mit dem Ärmel die Tränen aus den Augen.

»Sei doch nicht traurig, Mutter!« sagte er. »Du sollst sehen, sie wird damit fertig. Dunenkind wird sich schon zurechtfinden, so klein sie auch ist.«

»Vater«, antwortet Mutter mit großem Nachdruck, »wie merkwürdig du redest. Warum sollte Annemarie sich nicht zurechtfinden können? Sie ist doch gerade so gut wie jede andre.«

»Das ist sie, Mutter, aber dennoch, Mutter, aber dennoch. Ich wollte wahrhaftig nicht an ihrer Stelle sein und dahin fahren, wohin sie jetzt fährt! Nein, wirklich nicht!«

»Ja, dir würde es schön gehen, du alter häßlicher Bäckermeister«, sagt Mutter, die sieht, daß Vater sich um das Mädchen aufregt und mit einem kleinen Scherze aufgeheitert werden muß. Und Vater lacht, denn das Lachen sitzt ihm ebenso lose wie die Tränen. Damit gehen die Alten wieder in den Laden.

Inzwischen fährt Dunenkind, das kleine Flöckchen, die kleine Seidenblume, guten Mutes den Weg entlang. Ein wenig bange vor dem Bräutigam ist sie natürlich ja; aber im Grunde ist Dunenkind vor allen Menschen ein wenig bange, aber dadurch hat sie es gut, denn deshalb suchen ihr alle Menschen zu zeigen, daß sie nicht böse sind. Nie hat sie solchen Respekt vor Moritz gehabt wie heute. Als sie die Hinterstraße und alle ihre Freunde hinter sich zurückgelassen haben, kommt es ihr vor, als schwelle Moritz förmlich zu etwas Großem an. Sein Hut, sein Kragen und sein Backenbart werden ordentlich steif und die Schleife seiner Halsbinde bläht sich. Seine Stimme erstarrt sozusagen und kommt nur mühsam heraus. Ein wenig nimmt ihr dies den Mut, aber es macht ihr doch Freude, Moritz so imponierend zu sehen.

Moritz ist so klug, er hat so viel zu ermahnen, – man sollte es nicht glauben, aber Moritz spricht auf dem ganzen Wege nur verständig. Doch Moritz ist nun einmal so. Er fragt Dunenkind, ob sie sich auch ordentlich klar mache, was diese Reise für ihn bedeute. Ob sie meine, es handle sich nur um einen Ausflug aufs Land? Sechzig Kilometer in einer guten, bequemen Chaise mit dem Bräutigam neben sich zurückzulegen, das könne ja wie eine richtige Lustfahrt aussehen. Und nach einem prachtvollen Gute, um einen reichen Onkel zu besuchen. Sie habe gewiß in allem diesen nur ein Vergnügen gesehen, nicht wahr?

Denkt nur, wenn er wüßte, daß sie sich gestern durch lange Beratungen mit Mutter vor dem Zubettgehen, eine lange Reihe ängstlicher Träume während der Nacht und Gebet und Tränen auf diese Fahrt vorbereitet hat. Doch sie stellt sich dumm an, um sich desto mehr an Moritz, der so weise ist, freuen zu können. Er liebt es, sich so zu zeigen, und das gönnt sie ihm so gern, ach so gern.

»Eigentlich ist es schrecklich, daß du so süß bist«, sagt Moritz. Denn dadurch war er dazu gekommen, sich mit ihr zu verloben, und das war ja eigentlich recht dumm von ihm gewesen. Sein Vater war durchaus nicht dafür. Und seine Mutter, – er wagte gar nicht daran zu denken, was für Szenen sie gemacht, als Moritz ihr mitgeteilt, daß er sich mit einem armen Mädchen aus der Hinterstraße, einem Mädchen, das weder Erziehung noch Talente hatte und das nicht einmal hübsch, sondern nur niedlich war, verlobt habe.

In Moritzens Augen war natürlich eine Bäckertochter ebensogut wie ein Bürgermeistersohn, aber nicht alle waren so vorurteilslos wie er. Und wenn Moritz nicht seinen reichen Onkel gehabt hätte, so hätte wohl aus der ganzen Geschichte nichts werden können, denn er war ja noch Student und hatte nichts, worauf er hätte heiraten können. Doch wenn sie jetzt den Onkel für sich gewinnen konnten, war alles gut.

Ich sehe sie so deutlich auf der Landstraße dahinfahren. Sie sieht ein bißchen unglücklich aus, während sie seiner Weisheit lauscht. Doch in ihren Gedanken ist sie sehr zufrieden. Wie ist Moritz verständig! Und wenn er davon spricht, welche Opfer er ihr bringt, so sagt er ihr damit ja nur, wieviel er von ihr hält.

Und wenn sie erwartet hatte, daß Moritz an einem solchen Tage unter vier Augen vielleicht ein bißchen anders sein würde als zu Hause bei Mutter, – aber nein, das wäre nicht recht von Moritz gewesen. Sie kann nur stolz auf ihn sein. –

Er ist dabei, ihr zu sagen, was Onkel für ein Mensch ist. Er ist solch ein Mann, daß sie sofort im Hafen des Glückes sind, wenn er sich nur ihrer annehmen will. Onkel Theodor ist unglaublich reich. Elf Hochöfen besitzt er und außerdem Landgüter, Gehöfte, Grubenanteile und Schiffsparten. Zu allem diesen ist Moritz der rechtmäßige Erbe. Doch mit Onkel ist nicht leicht umgehen, wenn er jemand nicht leiden mag. Wenn ihm Moritzens Frau nicht zusagt, kann er alles Fremden hinterlassen.

Ihr Gesichtchen wird immer farbloser und schmaler, Moritz aber schwillt immer mehr auf und wird immer steifer. Es sind ja keine großen Aussichten vorhanden, daß Annemarie dem Onkel ebenso den Kopf wird verdrehen können wie Moritz. Onkel ist ein ganz andersartiger Mann. Sein Geschmack, – ja, Moritz hat keine hohe Meinung von seinem Geschmacke, aber er glaubt, daß ein weibliches Wesen lebhaft und rotwangig sein muß, wenn es Onkel gefallen soll. Überdies ist er ein eingefleischter Junggeselle, – hält Frauenzimmer nur für eine Last. Doch in diesem Falle genügt es schon, daß sie Onkel nicht gar zu sehr mißfällt. Für den Rest wird Moritz dann schon sorgen. Aber sie darf nicht kindisch sein. Was? Sie weint –! Oh, wenn sie bei der Ankunft nicht mutiger aussieht, wird Onkel sie beide sofort wieder wegschicken. Annemarie freut sich aufrichtig, daß Onkel nicht so klug ist wie Moritz. Hoffentlich ist es nicht unrecht gegen Moritz, wenn sie es für gut hält, daß Onkel ein ganz andrer Mensch ist als ihr Bräutigam. Denkt nur, wenn Moritz Onkel wäre und zwei arme junge Leute kämen bei ihm angereist, um von ihm ihren Lebensunterhalt zu erbitten. Da würde Moritz, der so verständig ist, sie gewiß ersuchen, schleunigst wieder nach Hause zu fahren und mit dem Heiraten so lange zu warten, bis ihre eigenen Mittel dazu ausreichten. Obwohl Onkel auf seine Weise gewiß schrecklich war. Er trank so und gab so große Gesellschaften, bei denen es wirklich toll herging. Und aufs Zusammenhalten verstand er sich gar nicht. Er glaubte, von allen Menschen betrogen zu werden, aber es machte ihm nichts aus! Und so wenig auf seinen Vorteil bedacht! Der Bürgermeister hatte Moritz einige Aktien von einem Unternehmen, das nicht gehen wollte, mitgegeben; der Onkel werde sie ihm schon abkaufen, hatte Moritz gesagt. Onkel sei es ganz einerlei, wofür er sein Geld wegwerfe.

Er habe in der Stadt auf dem Markte Silbergeld unter die Gassenjungen gestreut. Und in einer Nacht ein paar tausend Kronen verspielen und seine Pfeife mit Zehnkronenbanknoten anzünden, sei bei ihm etwas ganz Gewöhnliches.

So fuhren sie dahin, und so unterhielten sie sich beim Fahren.

Gegen Abend kamen sie an. Onkels »Residenz«, wie er zu sagen pflegte, war kein Hammerwerk. Sie lag fern von jeglichem Kohlenrauch und allem Schmiedelärm am Abhange gewaltiger Höhen mit weiter Aussicht über Seen und Landrücken. Sie war ein stattliches Gebäude mit Waldwiesen und Birkenhainen rund umher, aber Felder gab es dort beinahe gar nicht, denn die Besitzung war ein Lustschloß und kein Landgut.

Die jungen Leute fuhren eine Allee von Birken und Ulmen hinauf. Zuletzt fuhren sie noch zwischen zwei niedrigen, dichten Fichtenhecken hindurch, und nun sollten sie auf den Hof einbiegen.

Doch gerade da, wo der Weg eine Biegung machte, war eine Ehrenpforte erbaut, und dort stand Onkel mit seinen Untergebenen zum Empfange. Seht, das hätte Dunenkind Moritz nie zugetraut, daß er für einen solchen Empfang sorgen würde. Ihr wurde sofort ordentlich leicht ums Herz. Und sie ergriff seine Hand und drückte sie zum Danke. Mehr konnte sie augenblicklich nicht tun, da sie mitten unter der Ehrenpforte waren.

Und da stand er, der berühmte Mann, der Hammerherr Theodor Fristedt, groß, schwarzbärtig und vor Wohlwollen strahlend. Er schwenkte den Hut und rief Hurra, und sämtliche Leute riefen Hurra, und Annemarie traten die Tränen in die Augen, aber gleichzeitig lächelte sie. Und natürlich mußten alle sie vom ersten Augenblicke an gleich liebgewinnen, schon allein wegen ihrer Art, Moritz anzusehen. Denn sie dachte ja, daß alle seinetwegen da seien, und sie mußte ihre Blicke von der ganzen Pracht abwenden, um ihn anzusehen, wie er den Hut mit einer eleganten Armbewegung abnahm und so maßvoll und königlich grüßte. Oh, wie sie ihn anblickte! Onkel Theodor war nahe daran, das Hurrarufen sein zu lassen und einen Fluch auszustoßen, als er es sah.

Nein, Dunenkind wünschte keinem Menschen auf Erden Böses, aber wenn die Besitzung Moritz gehört hätte, wäre sie wirklich passend für ihn gewesen. Ihr wurde ordentlich feierlich zumute, als sie ihn oben auf der Freitreppe stehen und sich zu den Leuten, um ihnen zu danken, wenden sah. Hammerherr Theodor war ebenfalls ein stattlicher Mann, aber was hatte er für Manieren gegen Moritz. Er half ihr nur aus dem Wagen und nahm ihr wie ein Bedienter Hut und Schal ab, während Moritz den Hut von seiner weißen Stirne lüftete und »Ich danke euch, meine Kinder« sagte. Nein, Hammerherr Theodor hatte gewiß kein feines Benehmen, denn als er nun von seinen Onkelrechten Gebrauch machte, sie umarmte und küßte und dabei merkte, wie sie mitten im Kusse zufällig nach Moritz hinsah, fluchte er wirklich abscheulich. Dunenkind war nicht gewohnt, jemand unangenehm zu finden, aber es würde sicherlich keine leichte Arbeit sein, Onkel Theodor zu gefallen.

»Morgen«, sagt Onkel, »haben wir hier ein großes Diner und Ball, heute aber müssen die Herrschaften sich von der Reise ausruhen. Jetzt essen wir nur noch Abendbrot, und dann wird zu Bett gegangen.«

Sie werden in einen Salon geführt und dort allein gelassen. Hammerherr Theodor eilt hinaus wie ein Wind, der eingesperrt zu werden fürchtet. Fünf Minuten später fährt er in seinem großen Wagen die Allee hinunter, während der Kutscher die Zügel so lose hält, daß die Bäuche der Pferde beinahe den Boden berühren. Dann vergehen noch fünf Minuten, und nun kehrt Onkel wieder zurück, aber jetzt sitzt eine alte Dame neben ihm im Wagen.

Und er kommt wieder hinein, eine freundliche, lebhafte Dame, die er »Frau Bergrätin« nennt, am Arme führend. Und diese schließt Annemarie gleich in die Arme, aber Moritz begrüßt sie ziemlich zurückhaltend. Kein Mensch kann sich Moritz gegenüber Freiheiten herausnehmen. Jedenfalls ist Annemarie recht froh, daß diese lebhafte, alte Dame gekommen ist. Sie und der Hammerherr haben eine so lustige Art, miteinander zu scherzen. Es wird wirklich gemütlich in dem fremden Hause.

Doch wie sie einander gute Nacht gesagt haben und Annemarie sich in ihrem Schlafzimmerchen befindet, geschieht etwas Verdrießliches und Ärgerliches.

Onkel Theodor und Moritz schlendern unten im Garten umher, und Dunenkind sagt sich, daß Moritz dabei seine Zukunftspläne entwickelt.

Onkel scheint gar nichts zu sagen, er köpft nur beim Gehen die blühenden Grasbüschel mit seinem Stocke. Moritz aber wird ihn bald überzeugen, daß er nichts Besseres tun kann, als Moritz einen Verwalterplatz auf einem seiner Hammerwerke zu geben, wenn er ihm nicht lieber gleich ein Hammerwerk schenken will. Moritz hat, seit er sich verliebt hat, solche Lust zu einem praktischen Berufe bekommen. Er pflegt oft zu sagen: »Ist es nicht das beste, daß ich, der ja doch Großgrundbesitzer werden soll, mich gleich in die Art Geschäfte einarbeite? Was hat es für mich für einen Zweck, das Richterexamen zu machen?«

Sie gehen gerade unter ihrem Fenster vorbei, und nichts hindert sie daran, zu sehen, daß sie dort sitzt, da sie aber keine Notiz davon nehmen, kann niemand verlangen, daß sie nach dem, was sie reden, nicht hinhöre. Diese Angelegenheit geht sie wirklich ebensoviel an wie Moritz. Da bleibt Onkel Theodor plötzlich stehen, und er sieht böse aus. Sie findet, daß er geradezu wütend aussieht, und ist im Begriffe, Moritz zuzurufen, er möge sich in acht nehmen. Doch es ist schon zu spät, denn der Hammerherr hat Moritz vor der Brust gepackt, sein Jabot zerknittert und schüttelt ihn so, daß er sich windet wie ein Aal. Dann schleudert er ihn mit solcher Kraft von sich, daß Moritz rückwärts taumelt und gefallen wäre, wenn er nicht an einem Baumstamme Halt gefunden hätte. Und dort bleibt Moritz stehen und sagt: »Wie?« – Ja, was sollte er sonst sagen? Ah, nie hat sie Moritzens Selbstbeherrschung so bewundert. Er springt nicht auf den Hammerherrn los, um ihn zu züchtigen. Er sieht nur ruhig überlegen, nur unschuldig verwundert aus. Sie sagt sich, daß er sich beherrscht, damit die Reise nicht nutzlos bleibe. Er denkt an sie und beherrscht sich.

Armer Moritz, es stellt sich heraus, daß Onkel ihretwegen böse auf ihn ist. Er fragt, ob Moritz nicht wisse, daß sein Onkel Junggeselle sei, und wie er seine Braut in eine Junggesellenwirtschaft bringen könne, ohne ihre Mutter mitzunehmen. Ihre Mutter? Dunenkind fühlt sich an Moritzens Stelle beleidigt. Mutter selbst hatte es ja nicht gewollt und rund heraus erklärt, sie könne aus dem Laden nicht abkommen. Das ist auch Moritzens Antwort, aber Onkel läßt keine Entschuldigung gelten. – Nun, und die Bürgermeisterin? Den Gefallen hätte sie ihrem Sohne wohl tun können. Ja, wenn sie dazu zu hochmütig sei, hätten sie lieber zu Hause bleiben sollen. Was hätte werden sollen, wenn die Bergrätin nicht hätte kommen können? Und wie könnten Bräutigam und Braut allein im Lande umherreisen! – So, Moritz sei nicht gefährlich? Nein, dafür habe er ihn auch nie gehalten, aber die Zungen der Leute seien gefährlich. – Nun, und dann noch die Chaise! Ein erbärmlicheres Fuhrwerk habe Moritz wohl in der ganzen Stadt nicht auftreiben können? Das Kind 60 Kilometer in einer Chaise fahren zu lassen und ihn, den Hammerherrn, für eine Chaise eine Ehrenpforte errichten zu lassen. – Er habe ordentlich Lust, ihn tüchtig durchzuprügeln. Onkel Theodor vor einem Stuhlwagen Hurra rufen zu lassen! –

Mit ihm da unten ist es wirklich zu toll. Wie sie Moritz bewundert, daß er so ruhig dabeistehen kann. Sie hätte eigentlich Lust, sich ins Spiel zu mischen und Moritz zu verteidigen, glaubt jedoch, daß er dies nicht gern sehen würde.

Und bevor sie einschläft, zählt sie sich alles auf, was sie zu Moritzens Verteidigung gesagt haben würde. Dann entschlummert sie, fährt wieder in die Höhe und hört vor ihren Ohren ein altes Rätsel:

»Auf einem Berge stand ein Hund.
Er bellt über Schweden und den Sund.
Er heißt wie du,
Er heißt wie ich,
Er heißt wie der ganze Erdenrund.
Wie heißt der Hund?
Er heißt Wie.«

Das Rätsel hatte sie oft geärgert. Oh, wie hatte sie den Hund stets dumm gefunden. Jetzt aber im Halbschlafe verwechselt sie den Hund mit Moritz, und sie findet, daß der Hund seine weiße Stirn hat. Da lacht sie. Das Lachen sitzt ihr ebenso lose wie die Tränen. Das hat sie vom Vater geerbt.

2.

Wie ist »es« gekommen? Das, was sie nicht mit Namen zu nennen wagt.

»Es« ist gekommen, wie der Tau auf dem Grase, die Farbe der Rose und die Süßigkeit der Beere, unmerklich und leise, ohne sich vorher anzukündigen.

Es ist ja auch einerlei, wie »es« kam und was »es« ist. Sei es nun gut oder böse, süß oder bitter, »es« ist immer das Verbotene, was es nie geben sollte. »Es« macht sie ängstlich, sündig und unglücklich.

»Es« ist etwas, woran sie nie mehr denken will. »Es« soll mit der Wurzel ausgerissen und fortgeworfen werden, und doch ist es nichts, was sich greifen und fangen läßt. Sie verschließt sich »davor«, und dennoch kommt es herein. »Es« treibt ihr das Blut aus den Adern und füllt sie an; »es« verjagt ihr die Gedanken aus dem Gehirn und herrscht dort; »es« tanzt ihr in den Nerven und durchzittert sie bis in die Fingerspitzen. »Es« durchdringt sie so vollständig, daß, wenn sie alles, woraus ihr Körper sonst besteht, hätte entfernen und »es« zurücklassen können, so hätte »es« einen vollständigen Abdruck von ihr gegeben. Und trotzdem war »es« nichts.

Nie will sie »daran« denken, und beständig muß sie »daran« denken. Wie ist sie so schlecht geworden. Und dann untersucht sie die Sache und zerbricht sich den Kopf darüber, wie »es« gekommen ist.

Ach, Dunenkind, ach, Flockenblume. Wie weich sind doch unsre Sinne und wie leichtgeweckt unsre Herzen!

Sie war sicher, daß »es« nicht beim Frühstück gekommen war, ganz bestimmt nicht beim Frühstück.

Da war sie nur bange und blöde gewesen. Sie war so in Aufregung geraten, als sie beim Herunterkommen dort nicht Moritz, sondern nur den Kammerherrn und die Bergrätin vorgefunden hatte.

Es war ja nur klug von Moritz gewesen, daß er auf die Jagd gegangen war, obgleich man, wie die Bergrätin bemerkte, unmöglich ausfindig machen konnte, was er jetzt um die Johanniszeit eigentlich jagen wolle. Doch er wußte natürlich, daß es besser war, Onkel einige Stunden aus dem Wege zu gehen, bis der Hammerherr wieder gut war. Er hätte sich ja gar nicht denken können, daß sie so blöde sei, und ihr nie zugetraut, daß sie beinahe ohnmächtig geworden, als sie fand, daß er fort und sie mit Onkel und der Bergrätin allein war. Moritz war nie blöde gewesen. Er wußte nicht, was das für eine Qual war.

Das Frühstück, das Frühstück! Onkel hatte zu Anfang die Bergrätin gefragt, ob sie die Geschichte von der schönen Sigrid gehört habe. Dunenkind fragte er nicht, und sie wäre auch nicht imstande gewesen, zu antworten. Die Bergrätin kannte die Geschichte, aber er erzählte sie trotzdem. Da erinnerte sich Annemarie, daß Moritz über Onkel gelacht hatte, weil dieser nur zwei Bücher im Hause besaß, nämlich Afzelii Sagen und Nösselts Allgemeine Weltgeschichte für die weibliche Jugend. »Die kann er aber auch auswendig«, hatte Moritz gesagt.

Annemarie hatte die Geschichte hübsch gefunden. Es gefiel ihr, daß der Lagmann Bengt das Kleid von grobem Wollentuch mit Perlen benähen ließ. Sie sah Moritz vor sich, wie königlich stolz er ausgesehen hätte, wenn er befohlen, die Perlen zu bringen. Das war gerade eine Sache, die Moritz gekonnt hätte.

Als Onkel aber so weit in der Geschichte gekommen war, wo erzählt wird, daß der Lagmann in den Wald zog, um der Begegnung mit seinem erzürnten Bruder aus dem Wege zu gehen, und statt dessen seine junge Frau das Ungewitter über sich ergehen ließ, da wurde es ihr klar, daß Onkel ganz genau wußte, daß Moritz nur auf die Jagd gegangen war, um seinem Zorn auszuweichen, und daß sie hier nun saß und darüber nachsann, wie sie ihn gewinnen könnte. Ja, gestern hatten sie und Moritz noch Pläne machen können, wie sie mit Onkel kokettieren solle, aber heute war kein Gedanke daran, daß sie solche Pläne ausführen könnte. Oh, nie hatte sie sich so dumm betragen! Alles Blut strömte ihr ins Gesicht, und Messer und Gabel fielen mit gewaltigem Lärm auf den Teller nieder.

Doch der Hammerherr hatte keine Barmherzigkeit gezeigt, sondern weiter erzählt, bis er an das gute Jarlwort kam: Hätte mein Bruder dies nicht getan, so würde ich es selbst getan haben. Das hatte er in so lustigem Tone gesagt, daß sie hatte aufsehen und dem Blicke seiner lachenden, braunen Augen hatte begegnen müssen. Und als er da gesehen hatte, wie ihr die Angst aus den Augen starrte, hatte er angefangen, wie ein richtiger Junge zu lachen. »Was meinen Sie, Frau Bergrätin«, hatte er ausgerufen, »was der Lagmann Bengt dachte, als er nach Hause kam und von dem ›Hätte mein Bruder‹ hörte? … Ich denke, das nächste Mal ist er daheim geblieben.«

Dunenkind traten die Tränen in die Augen, und Onkel, der dies sah, begann immer mehr zu lachen. »Das ist ja eine schöne Vermittlerin, die mein Neffe sich ausgesucht hat«, schien er sagen zu wollen, »jetzt bist du schon aus der Rolle gefallen, meine Kleine.« Und jedesmal, wenn sie ihn ansah, hatten die braunen Augen wiederholt: Hätte mein Bruder dies nicht getan, so würde ich es selber getan haben. Eigentlich war sich Dunenkind nicht sicher, daß die Augen nicht Neffe sagten. Und denkt nur, wie sie sich betragen hatte. Laut weinend war sie aus dem Zimmer gestürzt.

Doch nicht da war »es« gekommen, auch nicht während des Vormittagsspazierganges.

Da handelte es sich um etwas ganz anderes. Da war sie von der Freude an der schönen Besitzung und darüber, daß die Natur so vertraulich nahe war, erfüllt. Es war ihr, als hätte sie etwas vor langer, langer Zeit Verlorenes wiedergefunden.

Die Bäckermamsell, das Stadtkind; wer hätte es ihr zugetraut! Doch sowie sie nur den Fuß auf den Kiesweg gesetzt, war sie auf einmal ein Landmädchen geworden. Sie fühlte sofort, daß sie aufs Land gehörte.

Sowie sie sich ein wenig beruhigt, hatte sie sich auf eigene Hand hinausgewagt, um die Besitzung zu inspizieren. Sie hatte sich drunten auf dem Kiesplatze vor der Freitreppe umgesehen. Mit einem Male hatte sie angefangen, den Körper zu drehen, sie hängte sich den Hut über den Arm und warf den Schal auf die Treppe. Dann stemmte sie die Arme in die Seiten, sog die Luft so tief ein, daß ihre Nasenflügel sich zusammenzogen, und pfiff.

O, wie war sie sich mannhaft vorgekommen!

Sie hatte ein paar Versuche gemacht, ruhig und sittsam nach dem Garten hinunterzugehen, aber dies hatte keine Anziehungskraft für sie. Mit einer plötzlichen Wendung hatte sie sich nach den großen, umbauten Hinterhöfen begeben. Sie war einer Stallmagd begegnet und hatte ein paar Worte mit ihr gesprochen. Sie war erstaunt gewesen, wie energisch ihre eigene Stimme klang. Es war die eines Leutnants vor der Front.

Und sie fühlte, wie flott es aussah, als sie mit stolz erhobenem, ein wenig seitwärts gewendetem Kopfe und schnellen, unachtsamen Bewegungen, in der Hand eine kleine, pfeifende Gerte tragend, in den Stall eintrat.

Der war jedoch nicht so, wie sie sich ihn gedacht hatte. Dort hatte sie keine langen Reihen gehörnter Geschöpfe, denen sie hätte imponieren können, gefunden, denn diese waren alle draußen auf der Weide. Ein einsames Kalb stand hinten in seiner kleinen Bucht und schien zu erwarten, daß sie etwas für es tun würde. Sie trat zu ihm, stellte sich auf die Zehen, nahm ihr Kleid mit der einen Hand auf und berührte mit der äußersten Spitze der andern die Stirn des Kalbes.

Da das Kalb trotzdem nicht zu finden schien, daß sie genug getan, sondern seine lange Zunge ausstreckte, so überließ sie ihm gnädigst den kleinen Finger zum Belecken. Doch dabei hatte sie es nicht lassen können, sich umzusehen und gleichsam nach Bewundrern dieser Heldentat auszuschauen. Und da hatte sie denn gesehen, daß Onkel Theodor in der Stalltür stand und über sie lachte.

Nachher hatte er sie auf dem Spaziergange begleitet. Aber da kam »es« nicht, da gewiß nicht. Da war nur das Seltsam-Merkwürdige geschehen, daß sie sich nicht mehr vor dem Hammerherrn fürchtete. Es ging ihm mit ihr wie mit Mutter, er schien alle ihre Fehler und Schwächen genau zu kennen, und das gab ein so beruhigendes Gefühl. Dann brauchte man sich nicht besser zu zeigen, als man war.

Onkel Theodor hatte sie in den Garten und auf die Terrassen am Teiche führen wollen, aber das war nicht nach ihrem Geschmack. Sie wollte wissen, was in allen diesen großen Gebäuden war.

Nun ging er geduldig mit ihr in die Milchkammer und den Eiskeller, in den Weinkeller und den Kartoffelkeller. Er nahm alles der Reihe nach und zeigte ihr Vorratskammer und Holzstall, Wagenremise und Mangelkammer. Dann führte er sie durch den Stall der Arbeitspferde und durch den der Kutschpferde, ließ sie die Geschirrkammer und die Dienerstube, die Knechtstube und die Stellmacherei besehen. Sie war ein wenig verdutzt über all die Räumlichkeiten, die Onkel Theodor auf seiner Besitzung einzurichten für nötig gefunden hatte, aber ihr Herz brannte vor Entzücken bei dem Gedanken daran, wie herrlich es wäre, über alles dieses zu herrschen. Sie wurde auch nicht müde vom Besehen, obwohl sie auch den Schafstall und den Schweinestall durchwanderten und bei den Hühnern und Kaninchen einguckten. Sie inspizierte gewissenhaft Webstube und Molkerei, Räucherboden und Schmiede, während ihre Begeisterung immerfort wuchs. Dann gingen sie über große Böden, den Wäschetrockenboden und den Bauholztrockenboden, den Heuboden und den Boden für dürres Laub, das die Schafe fressen sollten.

Bei all dieser Vollkommenheit erwachte die schlummernde Hausmutter in ihr zu Leben und Bewußtsein. Am allermeisten aber rührte sie das große Brauhaus und die beiden netten Backstuben mit dem geräumigen Ofen und dem großen Tische.

»Dies müßte Mutter sehen«, sagte sie.

Dort in der Backstube hatten sie sich zum Ausruhen hingesetzt, und sie hatte von ihrem Elternhause erzählt. Das konnte sie vor Onkel ruhig tun; er war schon wie ein Freund, obgleich seine braunen Augen über alles, was sie sagte, lachten.

Daheim sei es so still, kein Leben, keine Abwechselung. Sie sei als Kind kränklich gewesen, und deshalb behüteten die Eltern sie so, daß sie eigentlich nichts tun dürfe. Nur zum Spaß dürfe sie in der Bäckerei und im Laden helfen … Zufällig hatte sie gesagt, daß Vater sie Dunenkind nenne. Und im Zusammenhang damit hatte sie auch gesagt: »Zu Hause verziehen mich alle, außer Moritz, darum halte ich so viel von ihm. Er ist so klug, mit mir verglichen. Er nennt mich nie Dunenkind, nur Annemarie. Moritz ist so vortrefflich.«

Oh, wie hatte es da in Onkels Augen getanzt und gelacht. Sie hätte ihn mit der Gerte schlagen können. Sie wiederholte beinahe weinend: »Moritz ist so vortrefflich.«

»Ja, ich weiß, ich weiß«, hatte Onkel da geantwortet. »Er wird ja mein Erbe sein.« Worauf sie ausgerufen hatte: »Ach, Onkel Theodor, warum heiraten Sie nicht? Denken Sie nur, wie glücklich diejenige sein würde, welche auf einem solchen Gute Hausfrau wäre!«

»Wie sollte es dann mit Moritzens Erbschaft gehen?« hatte Onkel ganz gelassen gefragt.

Da war sie für eine ganze Weile verstummt, denn sie konnte Onkel nicht sagen, daß sie und Moritz nichts nach der Erbschaft fragten. Das taten sie ja gerade. Sie grübelte darüber nach, ob es sehr häßlich sei, daß sie es taten. Sie hatte plötzlich das Gefühl, Onkel wegen eines großen Unrechts, das sie ihm getan, um Verzeihung bitten zu müssen.

Als sie wieder ins Haus gingen, kam ihnen Onkels Hund entgegen. Es war ein winzig kleines Hündchen mit beweglichen Ohren und Gazellenaugen, ein Nichts mit einem schrillen Stimmchen.

»Du wunderst dich wohl, daß ich einen so kleinen Hund habe«, hatte der Hammerherr gesagt.

»Das tue ich allerdings«, hatte sie erwidert.

»Ja, sieh, ich habe mir Jenny nicht ausgesucht, sondern Jenny hat mich zum Herrn erwählt. Du möchtest die Geschichte wohl hören, Dunenkind?« Das Wort hatte er gleich aufgegriffen.

Das hatte sie gewollt, obgleich sie ganz genau gewußt, daß er wieder mit einer Anzüglichkeit kommen würde.

»Sieh nur, wie Jenny zum erstenmal hierherkam, lag sie auf dem Schoße einer feinen Dame aus der Stadt und war mit einer Decke über den Rücken und einem Tuche um den Kopf versehen. Still, Jenny, es ist wahr, so war es! Und ich fand, du seist ein erbärmlicher Hund. Doch wie das kleine Vieh hier auf die Erde gesetzt wurde, mochten wohl einige Jugenderinnerungen oder dergleichen in ihm erwacht sein. Es kratzte und schüttelte sich, um sich von der Decke zu befreien. Und nachher betrug es sich geradeso wie die großen Hunde hier, so daß wir sehen konnten, daß Jenny auf dem Lande aufgewachsen war.

Das Hündchen legte sich vor die Haustür und guckte das Sofa im Salon gar nicht an, jagte die Hühner und stahl der Katze die Milch, bellte jeden Bettler an und fuhr, wenn hier Besuch kam, auf die Beine der Pferde los. Es machte uns Spaß und Freude, ihm zuzusehen. Weißt du, es war ja ein so kleines Tierchen, das bisher nur im Korbe gelegen hatte und auf dem Arme getragen worden war. Es war wirklich eine seltsame Geschichte. Und höre nur, wie es ans Abreisen ging, wollte Jenny nicht mit. Sie stand auf der Treppe und heulte so jämmerlich, sprang an mir in die Höhe und bat förmlich, hierbleiben zu dürfen. Es blieb uns schließlich nichts weiter übrig, als sie zu behalten. Uns rührte das Hundevieh, das so klein war und doch ein Landhund sein wollte. Ich hätte allerdings nicht geglaubt, daß ich mir je einen Schoßhund halten würde. Bald bekomme ich auch vielleicht noch eine Frau.«

Oh, wie ist es schwer, blöde zu sein, unerzogen zu sein. Sie hätte gern gewußt, ob Onkel sehr erstaunt gewesen, als sie so plötzlich fortgelaufen war. Doch ihr war zumute gewesen, als sei sie gemeint, wie er von Jenny erzählt hatte. Und vielleicht hatte er sie gar nicht gemeint gehabt. Jedenfalls aber ja, sie war so verlegen geworden. Sie hatte nicht bleiben können.

Doch da war »es« nicht gekommen, da nicht.

Dann wohl am Abend, während des Balles. Nie hatte sie sich auf einem Balle so gut amüsiert! Hätte sie jedoch jemand gefragt, ob sie viel getanzt habe, so hätte sie nach einigem Besinnen »nein« sagen müssen. Daß sie nicht einmal gemerkt, wie wenig sich um sie gekümmert wurde, war indessen das beste Zeichen, daß sie sich gut amüsiert hatte.

Sie hatte sich nur deshalb so schön amüsiert, weil sie Moritz hatte zusehen können. Gerade weil sie beim Frühstück ein wenig, ein ganz klein bißchen unzufrieden gewesen und gestern über ihn gelacht hatte, war es ihr solch eine Freude, ihn auf dem Balle zu sehen. Nie war er ihr so schön und bedeutend erschienen.

Er hatte gewiß das Gefühl gehabt, sie würde sich zurückgesetzt glauben, weil er nicht nur mit ihr sprach und tanzte. Ihr aber hatte es allein schon genug Vergnügen gemacht, zu sehen, wieviel alle von Moritz hielten! Als ob sie ihre Liebe öffentlich zur Schau hätte stellen wollen! Oh, so dumm war Dunenkind nicht!

Moritz tanzte viele Tänze mit der hübschen Elisabeth Westling. Doch das hatte sie gar nicht beunruhigt, denn Moritz war immer wieder zu ihr gekommen und hatte ihr zugeflüstert:

»Du siehst, ich werde sie nicht los. Wir sind Jugendfreunde. Sie sind es hier auf dem Lande gar nicht gewohnt, einen Kavalier zu haben, der etwas von der Welt gesehen hat und nicht nur tanzen, sondern auch unterhalten kann. Du mußt mich heute abend den Gutsbesitzertöchterlein leihen, Annemarie.«

Onkel aber trat hinter seinem Neffen gleichsam zurück. »Sei du heute abend Wirt«, sagte er, und das war Moritz. Er versäumte nichts, war Vortänzer, forderte zum Trinken auf und hielt eine Rede auf die schöne Gegend und die Damen. Er war großartig. Sowohl sie wie Onkel hatten die Blicke auf Moritz gerichtet gehabt, und dabei waren sich ihre Blicke begegnet. Da hatte Onkel ihr lächelnd zugenickt. Onkel war bestimmt stolz auf Moritz. Es war ihr ein bißchen schwer aufs Herz gefallen, daß Onkel seinem Neffen nicht so recht Ehre machte. Gegen Morgen war Onkel laut und lärmend geworden. Da hatte er sich am Tanzen beteiligen wollen, aber wenn er sich den jungen Mädchen näherte, wichen sie ihm aus und taten, als seien sie schon engagiert.

»Tanze mit Annemarie«, hatte Moritz zu Onkel Theodor gesagt, und das hatte natürlich ein bißchen herablassend geklungen. Sie erschrak so, daß sie ordentlich zusammenfuhr. Onkel war auch beleidigt, drehte sich auf dem Absatze um und ging ins Rauchzimmer.

Da aber war Moritz zu ihr gekommen und hatte mit harter, harter Stimme gesagt: »Du verdirbst mir alles, Annemarie. Wie kannst du solch ein Gesicht machen, wenn Onkel mit dir tanzen will. Wenn du wüßtest, was er mir gestern über dich gesagt hat. Etwas mußt du auch tun, Annemarie. Hältst du es für recht, mir alles zu überlassen?«

»Was soll ich denn tun, Moritz?«

»Oh, nichts, jetzt ist das Spiel schon verdorben. Denke nur, was ich heute abend alles schon gewonnen hatte! Aber jetzt ist es verloren.«

»Ich werde Onkel gern um Verzeihung bitten, Moritz, wenn du es willst.«

Und es war ihr damit ernst gewesen. Es tat ihr wirklich leid, Onkel geärgert zu haben.

»Das wäre natürlich das einzig Richtige, aber von jemand, der so lächerlich blöde ist wie du, kann man ja nichts verlangen.«

Sie hatte nicht darauf geantwortet, sondern war direkt in das jetzt beinahe leere Rauchzimmer gegangen. Onkel hatte sich dort in einen Lehnstuhl geworfen.

»Warum wollen Sie nicht mit mir tanzen, Onkel?« hatte sie gefragt.

Der Hammerherr hatte die Augen geschlossen. Er schlug sie auf und sah Annemarie lange an. Es war der schmerzlichste Blick, der sie je getroffen hatte. Ihr stieg eine Ahnung von den Gefühlen eines Gefangenen, wenn er an seine Ketten denkt, auf. Onkel hatte ihr so leid getan. Es war ihr, als bedürfe er ihrer weit mehr als Moritz, denn Moritz brauchte niemand. Er war vollkommen, so wie er war. Da legte sie ganz leise ihre Hand liebkosend auf Onkel Theodors Arm.

Auf einmal trat frisches Leben in seine Augen. Er begann ihr mit seiner großen Hand über das Haar zu streichen. »Mütterchen«, hatte er gesagt.

Da kam »es« über sie, während er ihr Haar streichelte. Es kam schleichend, es kam kriechend, es kam raschelnd, wie wenn die Erdgeister durch den dunklen Wald gezogen kommen.

3.

Den einen Abend bedeckten dünne, weiche Wolken den Himmel, den einen Abend ist es windstill und warm, den einen Abend schweben kleine, weiße Flöckchen von Espen und Pappeln durch die Luft. Es ist schon spät, und niemand ist mehr auf als der Hammerherr, der, draußen im Garten umhergehend, überlegt, wie er den jungen Mann und das junge Mädchen werde trennen können.

Denn nie, nie in Ewigkeit wird es geschehen, daß Moritz mit ihr aus dem Schlosse fortfahren darf, während Onkel Theodor auf der Freitreppe steht und ihnen glückliche Reise wünscht.

Ist es denn überhaupt möglich, sie wieder abreisen zu lassen, nachdem sie drei Tage lang das Haus mit zwitschernder Heiterkeit erfüllt, nachdem sie in ihrer stillen Weise alle daran gewöhnt hatte, daß sie für sie sorgte und an sie dachte, und nachdem er sich daran gewöhnt hatte, dieses weiche, geschmeidige Geschöpfchen überall umherstreifen zu sehen. Hammerherr Theodor sagt sich selbst, daß es nicht möglich sei. Er kann sie nicht mehr entbehren. In demselben Augenblicke stößt er an eine Butterblume, die schon Samen trägt, und wie Menschenentschlüsse und Menschenversprechungen verweht der weiße Dunenball, seine weißen Federn fliegen rasch davon und zerstreuen sich in alle Winde.

Die Nacht ist nicht kalt, wie es die Nächte in dieser Provinz zu sein pflegen. Die graue Wolkendecke hält die Wärme fest. Die Winde zeigen einmal Barmherzigkeit und halten sich ruhig.

Hammerherr Theodor sieht sie, Dunenkind, vor sich. Sie weint, weil Moritz sie verlassen hat. Er aber zieht sie an sich und küßt ihr die Tränen von den Wangen.

Weich und klein fallen die weißen Flöckchen von den großen, reifenden Kätzchen der Bäume herab. So leicht, daß die Luft sie kaum fallen lassen will, so klein und zart, daß sie kaum am Boden sichtbar sind.

Hammerherr Theodor lacht vor sich hin, wie er an Moritz denkt. In Gedanken geht er am nächsten Morgen in das Zimmer seines Neffen, während dieser noch im Bette liegt. »Höre, Moritz«, beabsichtigt er zu ihm zu sagen, »ich will dir keine trügerischen Hoffnungen machen. Wenn du dich mit diesem Mädchen verheiratest, hast du von mir keinen Pfennig zu erwarten. Ich will nicht helfen, deine Zukunft zu verderben.«

»Mißfällt sie dir so sehr, Onkel?« wird Moritz dann fragen.

»Nein, im Gegenteil, es ist ein nettes Mädchen, aber dennoch nichts für dich. Du mußt ein Prachtweib haben, wie Elisabeth Westling. Sei doch verständig, Moritz. Was wird aus dir, wenn du dein Studium abbrichst, um Grubenverwalter zu werden. Dazu eignest du dich nicht, mein Sohn. Dazu gehört mehr, als elegant den Hut abnehmen und ›Ich danke euch, meine Kinder‹ sagen zu können. Du bist ja wie geschaffen zum Beamten. Du kannst Minister werden.«

»Wenn du so gut von mir denkst, Onkel«, antwortet dann Moritz, »so hilf mir bis zum Examen und laß uns dann heiraten.«

»Keineswegs, du, keineswegs tue ich das. Was würde wohl aus deiner Karriere werden, wenn du in deiner Frau solch einen Klotz am Bein hättest. Das Pferd, das den Brotwagen ziehen soll, stürmt nicht vorwärts. Stelle dir einmal die Bäckermamsell als Ministerfrau vor. Nein, du darfst dich erst in zehn Jahren verloben, jedenfalls nicht eher, als bis du etwas bist. Was würde die Folge sein, wenn ich euch zur Heirat verhülfe? Ihr würdet mich jedes Jahr anbetteln. Und das würde sowohl euch wie mir über.«

»Aber, Onkel, ich bin doch ein anständiger Mensch. Ich habe mich ja verlobt.«

»Höre nun, Moritz! Was ist besser? Daß sie zehn Jahre auf dich wartet und du sie nachher nicht mehr willst oder daß du jetzt gleich mit ihr brichst? Nein, sei kurz entschlossen, steige in deine Chaise und fahre nach Hause, ehe sie aufwacht. Es paßt sich ja gar nicht, daß Braut und Bräutigam so allein im Lande umherstreifen. Ich werde schon für das Mädchen sorgen, wenn du dir nur diese Verrücktheit aus dem Sinn schlägst. Die Bergrätin wird sie nach Hause bringen. Ich werde ihr sowohl die Pferde wie die Kutsche zur Verfügung stellen, wenn du es willst. Du sollst deinen Unterhalt von mir bekommen, so daß du dich um die Zukunft nicht beunruhigen brauchst. So, sei verständig, du machst deinen Eltern Freude, wenn du mir gehorchst. Fahre nun ohne sie! Ich, ich werde vernünftig mit ihr reden. Sie wird sicherlich deinem Glücke nicht im Wege stehen wollen. Versuche nur nicht, sie vor deiner Abreise noch zu sprechen, dann könntest du weichherzig werden, denn sie ist allerliebst.«

Und nach diesen Worten faßt Moritz einen heroischen Entschluß und reist ab.

Und wenn er fort ist, was soll dann geschehen?

»Schurke!« ruft es im Garten laut und drohend, als würde ein Dieb angerufen. Hammerherr Theodor sieht sich um. Kein anderer ist da! Hat er es sich selber zugerufen?

Was dann geschehen soll? Oh, er wird sie darauf vorbereiten, daß Moritz nicht wiederkommt, ihr auseinandersetzen, daß Moritz ihrer nicht würdig sei, und sie dahin bringen, ihn zu verachten. Und wenn sie sich dann an seiner Brust ausgeweint hat, wird er ihr zart und vorsichtig Verständnis für seine Gefühle einflößen, sie mit seinem Reichtum anlocken und sie für sich gewinnen.

Die Kätzchenflocken fallen noch immer. Er streckt seine große Hand aus und fängt eine Flocke auf.

So sein, so leicht und so zart! Er bleibt stehen und betrachtet sie.

Rings um ihn her fallen sie, Flöckchen auf Flöckchen. Was wird nachher mit ihnen geschehen? Sie werden vom Winde gejagt, von der Erde beschmutzt und von schweren Füßen zertreten werden.

Ihm ist auf einmal zumute, als fielen ihm diese leichten Flocken zentnerschwer aufs Herz. Wer will Wind sein, wer will Erde sein, wer will Schuhsohle sein, wenn es diesen Kleinen, diesen Wehrlosen gilt?

Und infolge seiner erstaunlichen Belesenheit in Nösselts Weltgeschichte steigt eine Episode daraus vor ihm auf, die sich mit dem, was er eben gedacht, vergleichen läßt.

Es war ein anbrechender Morgen, nicht sinkende Nacht, wie jetzt. Es war ein felsiges Ufer, und unten am Meere saß ein schöner Jüngling mit einem Pantherfelle um die Schultern, Weinlaub in den Locken und dem Thyrsos in der Hand. Wer er war? Oh, Gott Bacchus selber.

Und das Felsenufer war Naxos. Es war Griechenlands Meer, auf das der Gott hinausblickte. Das Schiff mit den schwarzen Segeln, das schnell dem Horizonte zueilte, wurde von Theseus gesteuert, und in der Grotte, deren Eingang sich hoch droben auf einer Terrasse des steilen Ufergebirges öffnete, schlummerte Ariadne.

Und während der Nacht hatte der junge Gott so gedacht: »Ob der sterbliche Jüngling des himmlischen Mädchens wohl würdig ist?« Und um Theseus zu prüfen, hatte er ihn im Traume mit Verlust des Lebens bedroht, wenn er Ariadne nicht sofort verlasse. Da war dieser sogleich aufgestanden, nach dem Schiffe geeilt und abgesegelt, ohne auch nur die Jungfrau zu wecken, um ihr Lebewohl zu sagen.

Nun sah Gott Bacchus, sich in den süßesten Hoffnungen wiegend, lächelnd da und erwartete Ariadne. Die Sonne ging auf, der Morgenwind wurde stärker. Er gab sich lächelnden Träumen hin. Er, Gott Bacchus selber, würde die Verlassene schon zu trösten wissen.

Da kam sie. Mit strahlendem Lächeln trat sie aus der Grotte. Ihre Augen suchten Theseus, sie irrten immer weiter fort, nach dem Ankerplatze des Schiffes, aufs Meer hinaus zu den schwarzen Segeln.

Und dann mit einem durchdringenden Schrei, ohne Besinnen, ohne Zaudern hinab ins Meer, in den Tod und das Vergessen.

Und da saß nun Gott Bacchus, der Tröster.

So ging es zu. So war es gewiß gewesen. Kammerherr Theodor erinnert sich freilich, daß Nösselt noch kurz hinzufügt, mitleidige Dichter behaupteten, daß Ariadne sich von Bacchus habe trösten lassen. Doch die Mitleidigen hatten ganz gewiß unrecht. Ariadne ließ sich nicht trösten.

Großer Gott, weil sie gut und süß ist, so daß er sie hat lieben müssen, soll sie unglücklich gemacht werden!

Zum Lohne für das freundliche Lächeln, das sie ihm gespendet, dafür, daß sie ihre kleine Hand vertrauensvoll in die seine gelegt hat, dafür, daß sie nicht böse über seine anzüglichen Reden geworden ist, soll sie nun ihren Bräutigam verlieren und unglücklich gemacht werden.

Für welches all ihrer Verbrechen soll sie dazu verurteilt werden? Weil sie ihn im tiefsten Innern seiner Seele einen Raum hat entdecken lassen, der bisher rein und unbewohnt gestanden und auf solch ein kleines liebevolles, mütterliches Wesen gewartet zu haben scheint, oder weil sie solche Macht über ihn hat, daß er kaum einmal zu fluchen wagt, wenn sie es hören kann, oder weshalb sonst soll sie verurteilt werden?

O armer Bacchus, armer Hammerherr Theodor! Es ist nicht leicht, mit jenen Feinen, Blonden, Dunenweichen zu tun zu haben. – Sie stürzen sich ins Meer, wenn sie die schwarzen Segel sehen.

Hammerherr Theodor flucht im stillen darüber, daß Dunenkind nicht schwarzhaarig, rotwangig und grobknochig ist. Da fällt wieder eine Flocke, und sie beginnt zu reden: »Ich bin es, die dir alle Tage gefolgt sein würde. Ich hätte dir am Spieltische eine Warnung ins Ohr geflüstert. Ich hätte das Weinglas beiseite geschoben. Du würdest dir das von mir haben gefallen lassen.« – »Das hätte ich«, flüsterte er, »das hätte ich.«

Eine zweite kommt, und auch sie spricht: »Ich hätte über dein großes Haus geherrscht und es gemütlich und warm gemacht. Ich hätte dich durch das öde Land des Alters begleitet. Ich hätte dein Feuer angezündet, wäre dir Auge und Stab gewesen. Wäre ich nicht dazu geeignet gewesen?« – »Liebe, kleine Dune«, antwortet er, »das wärest du.«

Noch eine Flocke kommt, und sie sagt: »Ich bin sehr zu bedauern. Morgen reist mein Bräutigam ab, ohne mir auch nur Lebewohl zu sagen. Morgen werde ich weinen, den ganzen Tag weinen, denn ich empfinde es als eine Schande, daß ich Moritz nicht gut genug bin. Und wenn ich nach Hause komme, ich weiß nicht, wie ich werde nach Hause kommen können, wie ich nach all diesem die Schwelle meines Vaters werde überschreiten können. In der ganzen Hinterstraße wird man flüstern und lachen, wenn ich mich zeige. Alle werden sich den Kopf zerbrechen, was ich getan habe, daß ich so schlecht behandelt worden bin. Kann ich dafür, daß du mich liebst?« Er antwortet mit tränenerstickter Stimme: »Sprich nicht so, kleine Dune! Es ist zu früh, so zu sprechen!«

Er geht die ganze Nacht draußen umher, und endlich gegen Mitternacht wird es ein bißchen dunkel. Er gerät nun in große Angst, diese stickichte, drückende Luft scheint vor Bangen vor einer Missetat, die am Morgen begangen werden soll, still zu stehen.

Da sucht er die Nacht dadurch zu beruhigen, daß er ganz laut sagt: »Ich werde es nicht tun.«

Doch nun geschieht das Allerseltsamste. Die Nacht gerät geradezu in bebende Angst. Jetzt sind es nicht mehr die kleinen Flocken, die fallen, sondern rings um ihn herum rascheln große und kleine Flügel. Er hört, daß etwas fortfliegt, weiß aber nicht, wohin.

Das Fliehende streicht an ihm vorbei, es berührt seine Wange, streift seinen Rock und seine Hände, und er versteht, was es ist. Es ist das Laub, das die Bäume verläßt, die Blumen, die von ihren Stielen fliehen, die Flügel, die von den Schmetterlingen fortfliegen, und der Gesang, der die Vögel verläßt.

Und er versteht, daß sein ganzer Lustgarten öde dastehen wird, wenn die Sonne aufgeht. Leerer, kahler und schweigender Winter wird dort herrschen, aber kein Schmetterlingsspiel, kein Vogelgesang.

Er bleibt draußen, bis es wieder hell wird, und ist beinahe erstaunt, wie er die dunklen Laubmassen der Ahornbäume sieht. »So«, sagt er, »was wurde denn verheert, wenn nicht der Garten? Hier fehlt ja nicht einmal ein Grashalm. Verwünscht, ich bin es, der künftig in Winter und Kälte leben soll, nicht der Garten. Mir ist, als sei der ganze Lebensmut entflohen. Ach, du alter Narr, dies geht wohl vorüber wie alles andre! Es ist wirklich zu viel Aufstand um das kleine Mädchen.«

4.

Wie »es« sich diesen Morgen, an dem sie abreisen wollen, entsetzlich beträgt. Während der beiden Tage, die sie nach dem Ball noch hiergeblieben sind, ist »es« eher etwas Anregendes, etwas Belebendes gewesen, aber jetzt, da Dunenkind fort muß, da »es« einsieht, daß es ganz zu Ende ist, daß es in ihrem Leben keine Rolle wird spielen dürfen, da verwandelt es sich in Todeskälte, in Leichenstarre.

Ihr ist, als müsse sie einen versteinerten Körper die Treppen hinunter ins Frühstückszimmer schleppen. Sie streckt beim Gutenmorgensagen eine schwere, kalte Steinhand aus, sie spricht mühsam wie mit einer Steinzunge und lächelt mit harten Steinlippen. Es ist eine Arbeit, eine Arbeit.

Doch wer kann unterlassen, sich zu freuen, wenn man daran denkt, daß an diesem Morgen alles so abgemacht werden soll, wie es althergebrachte Treue und Ehre erfordern.

Hammerherr Theodor wendet sich während des Frühstücks an Dunenkind und erklärt mit seltsam rauher Stimme, er habe beschlossen, Moritz den Verwalterplatz auf Laxahyttan zu geben; da aber besagter junger Mann, fährt er mit einem angestrengten Versuche, in seinen gewöhnlichen Unterhaltungston zu fallen, fort, in praktischen Geschäften nicht sehr bewandert sei, dürfe er die Stelle nicht eher antreten, als bis ihm eine Gattin zur Seite stehe. Habe sie, Mamsell Dunenkind, ihre Myrte so gut gepflegt, daß sie im September den Brautkranz tragen könne?

Sie fühlt, wie er ihr ins Gesicht sieht. Sie weiß, daß er einen Blick zum Dank haben will, aber sie sieht nicht auf. Moritz aber springt auf. Er umarmt Onkel und macht ungeheuer viele Worte. »Aber, Annemarie, weshalb dankst du Onkel nicht? Du mußt Onkel einen Kuß geben, Annemarie. Laxahyttan ist das Herrlichste auf der Welt. Schnell, Annemarie!«

Jetzt erhebt sie ihre Augen. Es sind Tränen darin, und durch diese fällt ein Blick voll Angst und Vorwurf auf Moritz. Daß er sie nicht versteht, daß er durchaus mit unbedecktem Lichte in die Pulverkammer gehen will. Dann wendet sie sich an den Hammerherrn, aber nicht in der kindlichen, schüchternen Weise wie bisher, sondern mit einer gewissen Grandezza im Auftreten, mit etwas von Märtyrerin, von gefangener Königin.

»Sie tun zu viel für uns, Onkel«, sagte sie nur.

So ist denn alles den Forderungen der Ehre entsprechend abgemacht. Über die Sache ist kein Wort mehr zu verlieren. Er hat ihr den Glauben an den Mann, den sie liebt, nicht genommen. Sie hat sich nicht verraten. Sie ist ihm treu, der sie zu seiner Braut gemacht hat, obwohl sie nur ein armes Mädchen aus einem kleinen Bäckerladen in der Hinterstraße ist.

Und nun kann die Chaise vorfahren, der Koffer zugeschnürt und der Eßkorb gefüllt werden.

Hammerherr Theodor steht vom Eßtische auf. Er stellt sich im Hintergrunde an ein Fenster. Seit sie sich mit dem tränenerfüllten Blicke zu ihm gewandt hatte, ist er von Sinnen. Er ist entschieden verrückt, imstande, sich auf sie zu stürzen, sie an seine Brust zu ziehen und Moritz zuzurufen, er möge sie ihm entreißen, wenn er es könne.

Er hält die Hände in den Taschen. Die geballten Fäuste zucken wie im Krampf. Kann er es zulassen, daß sie sich den Hut aufsetzt und der Bergrätin Lebewohl sagt? Da steht er wieder auf dem Felseneilande Naxos und will sich die Geliebte stehlen. Nein, nicht stehlen! Warum nicht ehrlich und männlich hervortreten und sagen: »Ich bin dein Nebenbuhler, Moritz. Deine Braut mag zwischen uns wählen. Ihr seid nicht verheiratet, es ist keine Sünde, wenn ich versuche, sie dir zu nehmen. Hüte sie wohl. Ich beabsichtige, jedes Mittel anzuwenden.«

So wäre er ja gewarnt, und sie wüßte, wonach sie sich zu richten hätte.

Die Knöchel knackten, als er wieder die Fäuste ballte. Wie würde Moritz über den alten Onkel lachen, wenn er vorträte und dies erklärte! Und was würde es nützen? Sollte er sie so erschrecken, daß er ihnen künftighin nicht einmal würde helfen können?

Doch wie wird es jetzt gehen, da sie sich nähert, um ihm Lebewohl zu sagen? Er ist nahe daran, ihr zuzuschreien, sie möge sich in acht nehmen und ihm drei Schritte vom Leibe bleiben.

Er steht noch immer am Fenster und kehrt ihnen allen den Rücken zu, während sie sich mit dem Reisefertigmachen und Einpacken des Mundvorrats beschäftigen.

Sind sie denn nie zum Abfahren fertig? Jetzt hat er es schon tausendmal durchlebt. Er hat ihr die Hand gegeben, sie geküßt und ihr beim Einsteigen geholfen. Er hat es schon so viele Male getan, daß er sie schon fort glaubt.

Er hat ihr auch Glück gewünscht. Glück ... Wird sie mit Moritz glücklich werden können? Sie hat diesen Morgen nicht glücklich ausgesehen. O ja, sie hat es doch. Sie weinte ja vor Freude.

Während er dort steht, hat Moritz plötzlich zu Annemarie gesagt: »Was bin ich für ein Dummkopf. Ich vergesse ganz, mit Onkel von Papas Aktien zu sprechen.«

»Ich glaube, das beste wäre, wenn du es nicht tätest«, antwortet Dunenkind. »Es ist vielleicht nicht recht.«

»Unsinn, Annemarie! Die Aktien bringen augenblicklich nichts. Aber wer weiß, ob sie nicht eines Tages steigen werden. Und überdies, was macht Onkel das aus. Solche Kleinigkeit ...«

Sie unterbricht ihn mit ungewöhnlichem Eifer, fast mit Angst, »Ich bitte dich, Moritz, laß es sein. Gib mir dieses eine Mal recht.«

Er sieht sie ein wenig beleidigt an. »Dieses eine Mal. Als ob ich ein Tyrann gegen dich wäre. Nein, weißt du, das kann ich nicht, ich finde, daß ich schon dieses Wortes wegen nicht nachgeben darf.«

»Klammere dich nicht an Worte, Moritz. Hier gilt es mehr als Höflichkeit und Phrasen. Ich finde, es ist nicht hübsch von dir, Onkel, der so gut gegen uns gewesen ist, gerade jetzt übervorteilen zu wollen.«

»Aber still doch, Annemarie, still doch! Was verstehst du von Geschäften?«

Seine ganze Art ist noch beleidigend ruhig und überlegen. Er sieht sie an, wie ein Schulmeister einen guten Schüler, der am Examenstage selber verkehrte Antworten gibt.

»Daß du gar nicht verstehst, um was es sich hier handelt«, ruft sie aus. Und sie streckt in Verzweiflung abwehrend die Hände aus.

»Ich muß jetzt wirklich mit Onkel sprechen«, sagt Moritz, »schon allein, damit er sieht, daß hier nicht von Betrügerei die Rede sein kann. Du beträgst dich so, daß Onkel mich und meinen Vater für wirkliche Schufte halten müßte.«

Und er geht nun zu dem Hammerherrn hin und erklärt ihm, was mit diesen Aktien ist, die sein Vater ihm verkaufen will. Hammerherr Theodor hört ihn so aufmerksam an, wie es ihm möglich ist. Er begreift sofort, daß sein Bruder, der Bürgermeister, eine falsche Spekulation gemacht hat und sich vor Verlusten schützen will. Doch was weiter, was weiter? Solche Dienste pflegt er der ganzen Verwandtschaft zu leisten. Eigentlich aber denkt er nicht hieran, sondern an Dunenkind. Er fragt sich, was in dem Blicke voller Verdruß, den sie auf Moritz wirft, liege. Dies war gerade kein Liebesblick.

Und so beginnt mitten, mitten in seiner Verzweiflung über das Opfer, das er bringen muß, ihm ein schwacher Hoffnungsstrahl zu schimmern.

Er starrt danach hin wie ein Mann, der, in einem Gespensterzimmer im Bette liegend, einen hellen Dunst aus dem Fußboden aufsteigen, sich verdichten, wachsen und greifbare Wirklichkeit werden sieht.

»Komm mit in mein Zimmer, Moritz«, sagt er, »du sollst das Geld gleich haben.«

Doch während er spricht, ruht sein Blick auf Dunenkind, um zu sehen, ob das Gespenst sich zum Reden wird vermögen lassen. Noch aber sieht er nur stumme Verzweiflung auf ihrem Gesichte.

Doch kaum sitzt er in seinem Zimmer am Pulte, so öffnet sich die Tür und Annemarie kommt herein.

»Onkel Theodor«, sagt sie sehr fest und entschlossen, »kaufen Sie die Papiere nicht!«

O welch ein Mut, Dunenkind! Wer hätte dir dies zugetraut, als du vor drei Tagen neben Moritz in der Chaise saßest und bei jedem Worte, das er sagte, immer kleiner zu werden schienst.

Jetzt bedarf sie auch all ihres Mutes, denn nun wird Moritz ernstlich böse.

»Schweig'!« zischt er sie an, und dann brüllt er förmlich, damit der Hammerherr, der, am Pulte sitzend, Banknoten zählt, es deutlich höre. »Was denkst du dir eigentlich? Die Aktien geben augenblicklich keine Zinsen, das habe ich Onkel gesagt, aber Onkel weiß gerade so gut wie ich, daß sie es später tun werden. Glaubst du, Onkel lasse sich von meinesgleichen betrügen? Onkel wird solche Sachen wohl besser verstehen als irgendwer von uns. Ist es je meine Absicht gewesen, diese Aktien für gute Papiere auszugeben? Habe ich etwas anderes gesagt, als daß dies für den, welcher es abwarten kann, ein gutes Geschäft werden kann?«

Hammerherr Theodor sagt nichts, er reicht nur Moritz ein Paket Banknoten hin. Er will sehen, ob er hierdurch das Gespenst zum Sprechen bringen kann. »Onkel«, sagt die kleine, unnachgiebige Wahrheitsverkünderin, denn es ist ja eine bekannte Sache, daß niemand weniger nachgiebig ist als die Dunenweichen, Zarten, wenn sie es für recht halten, »diese Aktien sind keinen Pfennig wert und werden es nie werden. Das wissen wir zu Hause alle.«

»Annemarie, du machst mich zum Schuft«

Sie fährt mit den Augen über ihn hin, als seien ihre Blicke zwei beweglich Meißel an einer Schere, schneidet ihm jeden Fetzen von allem, womit sie ihn ausgeschmückt hat, ab, und als sie ihn schließlich in der ganzen Nacktheit seines Eigennutzes und Eigendünkels sieht, fällt ihre schreckliche, kleine Zunge das Urteil über ihn.

»Was bist du denn sonst?«

»Annemarie!«

»Ja, was sind wir alle beide denn sonst«, fährt die unbarmherzige, kleine Zunge fort, die es, nachdem sie einmal begonnen, für das beste hält, all die Dinge, die ihr Gewissen gequält, seit sie angefangen daran zu denken, daß der reiche Besitzer dieses Lustschlosses auch ein Herz besaß, das Sehnsucht empfinden und leiden konnte, einmal offen zur Sprache zu bringen. Und so sagt sie, während die Zunge vortrefflich im Gange ist und alle Schüchternheit von ihr gewichen zu sein scheint:

»Als wir uns daheim in die Chaise setzten, an was dachten wir da? Wovon redeten wir unterwegs? Wie wir ihn hier hinters Licht führen sollten. Du sollst dreist sein, Annemarie, sagtest du. Und du mußt schlau sein, Moritz, sagte ich. Wir dachten nur daran, uns einzuschmeicheln. Viel wollten wir haben, und nichts wollten wir geben, nur Verstellung. Es war durchaus nicht unsere Absicht, zu sagen: Hilf uns, weil wir arm sind und einander lieb haben. Nein, wir wollten schmeicheln und freundlich tun, bis Onkel von mir oder dir eingenommen war, das war der Zweck. Wir aber beabsichtigten, nichts dafür zu geben, weder Liebe noch Achtung, ja nicht einmal Dankbarkeit. Und warum fuhrst du nicht allein, warum mußte ich mitkommen? Du wolltest mich ihm zeigen, du wolltest, daß ich, daß ich ...«

Hammerherr Theodor steht auf, wie er Moritz die Hand gegen sie erheben sieht. Denn jetzt ist er mit dem Zählen fertig und verfolgt alles, was geschieht, mit vor Hoffnung schwellendem Herzen. Und ihm ist zumute, als flögen die Türen seines Herzens weit auf, um sie zu empfangen, wie sie nun aufschreiend in seine Arme eilt, ohne Zaudern und Bedenken dorthin eilt, als gäbe es auf Erden gar keine andre Stelle, wohin sie fliehen könnte.

»Onkel, er will mich schlagen!«

Und sie schmiegte sich dicht, dicht an ihn.

Doch Moritz ist jetzt wieder ruhig. »Verzeih meine Heftigkeit, Annemarie«, sagt er. »Es machte mich böse, dich in Onkels Gegenwart so kindisch reden zu hören. Onkel wird sich aber auch sagen, daß du nur ein Kind bist. Ich gebe allerdings zu, daß kein, wenn auch noch so berechtigter Zorn einem Manne das Recht geben kann, ein Weib zu schlagen. Komm jetzt her und küsse mich. Du brauchst bei keinem andern vor mir Schutz zu suchen.«

Sie rührt sich nicht, dreht sich nicht um, sondern klammert sich nur fest an.

»Soll ich ihn dich holen lassen, Dunenkind?« flüstert Hammerherr Theodor.

Und sie antwortet nur mit einem Zittern, das durch seinen ganzen Körper fliegt. Hammerherr Theodor aber fühlt sich so gesund, so frei. Er ist ebenfalls außerstande, den vollkommenen Neffen wie früher in dem rechten Lichte seiner Vollkommenheit zu sehen. Er wagt mit ihm zu scherzen.

»Moritz«, sagt er, »ich muß mich über dich wundern. Die Liebe macht dich schwach. Kannst du sofort verzeihen, daß sie dich Schuft genannt hat? Du mußt sofort die Verlobung lösen. Deine Ehre, Moritz, denk' an deine Ehre! Nichts auf der Welt berechtigt ein Weib, einen Mann zu beleidigen. Setze dich in die Chaise, mein Junge, und reise ohne dieses verirrte Geschöpf ab. Das ist nach solch einem Schimpfe einfach recht und billig!«

Und wie er diese Rede beendet hat, umschließt er mit seinen großen Händen ihren Kopf und hebt ihn empor, so daß er sie auf die Stirn küssen kann.

»Verlasse dieses verirrte Geschöpf!« wiederholt er.

Doch nun beginnt auch Moritz zu verstehen. Er sieht, wie es in den Augen des Hammerherrn spielt und ein Lächeln nach dem andern um seine Lippen huscht.

»Komm, Annemarie!«

Sie fährt zusammen. Jetzt ruft er sie als der Mann, dem sie sich verlobt hat. Ihr ist, als müsse sie gehen. Und sie läßt den Hammerherrn so schnell los, daß er es nicht hindern kann, aber da sie auch nicht zu

Moritz gehen kann, gleitet sie auf den Fußboden nieder und bleibt dort schluchzend sitzen.

»Fahre allein in deinem Bauernwagen nach Hause«, sagt Hammerherr Theodor scharf. »Diese junge Dame ist einstweilen noch mein Gast, und ich werde sie gegen deine Übergriffe schützen.«

Und er denkt nicht mehr an Moritz, sondern nur daran, sie aufzuheben, ihre Tränen zu trocknen und ihr zuzuflüstern, daß er sie liebe.

Und wie Moritz sie so sieht, die eine weinend, den andern tröstend, ruft er aus: »Oho, dies ist ein Komplott. Ich bin betrogen. Dies ist Komödie. Man hat mir meine Braut gestohlen und man verhöhnt mich. Man läßt mich eine rufen, die gar nicht die Absicht hat, zu kommen. Ich gratuliere dir zu diesem Handel, Annemarie!«

Und während er hinausstürmt und die Tür hinter sich zuwirft, ruft er: »Glücksucherin!«

Hammerherr Theodor macht eine Bewegung, als wolle er ihm nacheilen, um ihn zu züchtigen, aber Dunenkind hält ihn zurück.

»Ach, Onkel Theodor, bitte, laß Moritz das letzte Wort behalten. Moritz hat immer recht. Eine Glücksucherin bin ich ja auch, Onkel Theodor.«

Sie schmiegte sich von neuem an ihn, – ohne zu zaudern, ohne zu fragen. Und Hammerherr Theodor ist ganz verwirrt; eben weinte sie noch, und jetzt lacht sie, eben noch wollte sie den einen heiraten, und jetzt liebkost sie den andern. Da hebt sie den Kopf und sagt lächelnd: »Jetzt bin ich dein kleiner Hund. Du wirst mich nicht wieder los.«

»Dunenkind«, sagt der Hammerherr in seinem barschesten Tone, »du hast es die ganze Zeit über gewußt!«

Und er begann zu flüstern: »Hätte mein Bruder … Und du wolltest trotzdem, Dunenkind … Moritz kann von Glück sagen, daß er dich los ist. Solch ein dummes, lügenhaftes, heuchlerisches Dunenkind, solch ein ungerechtes, kleines Flöckchen, solch ein, solch …«

Ach Dunenkind, ach Seidenblümchen! Du warst wohl nicht nur eine Glücksucherin, du warst wohl auch eine Glückspenderin, sonst würde wohl auf dem Gute, auf dem du lebtest, nicht dein guter Friede noch wohnen. Noch heute beschatten große Ahornbäume den Hof, und die Birkenstämme sind dort von der Wurzel an weiß und fleckenlos. Noch heute dürfen sich die Kreuzottern ungestört am Abhange sonnen, und im Parkteiche schwimmt ein Kühling, der so alt ist, daß kein Junge ihn angeln kann. Und wenn ich dorthin komme, fühle ich, daß Feststimmung in der Luft liegt, und mir ist, als sängen Vögel und Blumen ihre schönsten Lieder zu deinem Lobe.

Wie der Adjunkt die Pfarrerstochter bekam

Denkt nur, als der Adjunkt zum ersten Male um die Pfarrerstochter freite, wollte sie ihn gar nicht nehmen.

Die Pfarrerstochter war jung, dazumal. Nachts rollte sie das Haar in Papilloten, und am Tage trug sie es in großen schweren Locken. Sie hatte eine lange weiße Perle als Ohrgehänge, und sie war sehr schön.

Die Pfarrerstochter war sehr umworben, ja geradezu von Freiern umringt. Sie ging eben einher und überlegte bei sich selbst, ob sie einen jungen Baron heiraten sollte, der nun sein väterliches Erbe angetreten hatte, oder ob es klüger sei, mit einem Vetter vorlieb zu nehmen, der gerade in Malmö zum Ratsherrn gewählt werden sollte.

Diese beiden waren schöne Männer, aber der Adjunkt war häßlich. Namentlich seine Hände konnte die Pfarrerstochter nicht ansehen. In seiner Kindheit war er als Bettler auf der Landstraße umhergestrichen, und da hatte er sie sich so erfroren, daß sie nie mehr anders als rot und verschwollen sein konnten.

Der Adjunkt sah auf seine alten Tage besser aus, da hatte er graues Haar. Als er jung war, sah er gar zu wild und sonderbar drein, mit diesem Wald von schwarzem Haar. Er hätte es wohl auch nie zum Propst und Dompropst gebracht, wenn er nicht recht früh graue Haare und Augenbrauen bekommen hätte. Vorher sah er wie ein Räuber aus, und das konnte ja nicht für einen Geistlichen passen.

Die Pfarrerstochter pflegte zu erzählen, als der Adjunkt in den Pfarrhof kam, um ihrem Vater bei seinen Predigten und bei der Führung der Kirchenbücher behilflich zu sein, und da einzog, die Schuhe an einem Stock über die Schulter gehängt, da fehlte nicht viel, und ihre Mutter hätte ihn für einen Zigeuner gehalten und ihn fortgewiesen. Die alte Pfarrerin konnte es nie lassen, um ihr Silber zu zittern, wenn der Adjunkt in das Eßzimmer kam, und der alte Pfarrer predigte Sonntag für Sonntag selbst, weil er sich nicht überwinden konnte, diesen wilden Räuber auf die Kanzel hinaufzulassen.

Aber das erste, was der Adjunkt tat, nachdem er den Pfarrhof betreten hatte, war, sich in die Pfarrerstochter zu verlieben. Das tat er schon beim ersten Mittagessen. Und dies war sicherlich nicht zu verwundern, denn die Pfarrerstochter hatte weiches, glänzendes, braunes Haar, sanfte graue Augen und eine klare rosige Haut. Überdies war die Form des Gesichts auserlesen schön, die Wangen rundeten sich weich und fein zum Halse hinab. Und in jeder Wange war ein kleines Grübchen, das sich noch heute zeigt, wenn sie lächelt.

Es erregte einen förmlichen Schrecken bei der Pfarrerstochter, als sie merkte, daß der Adjunkt ihr gut war. Sie wagte kaum allein in den Garten oder über die Landstraße zu gehen. Wer solche Augen hatte wie der Adjunkt, der konnte wohl auch auf die Idee verfallen, sich hinter eine Straßenböschung auf die Lauer zu legen und sie zu stehlen.

Der alte Pfarrer schrieb in aller Heimlichkeit an den Bischof und das Konsistorium und bat um einen andern Adjunkten. Der, den er jetzt hatte, war ein richtiger Wilder, und er konnte ihn nicht brauchen. Er saß wie ein Bauer bei Tische und stützte die Ellenbogen auf das Tuch. Er spuckte auf den Fußboden und trug grobe Schmierlederstiefel, die Spuren auf den Teppichen hinterließen.

Ganze vier Wochen ging der Adjunkt im Pfarrhof herum, ohne etwas zu tun zu haben.

Der alte Pfarrer wollte ihn ebensowenig an die Kirchenbücher lassen, wie auf die Kanzel. Der Adjunkt ging stumm einher und wartete, aber äußerte weder Erstaunen noch eine Klage.

Er war vollauf damit beschäftigt, der Pfarrerstochter auf allen ihren Wegen und Stegen zu folgen. Sie pflegte in einem kleinen Giebelzimmerchen zu sitzen und zu weben. Der Adjunkt fand heraus, daß, wenn er über einen Heuboden kletterte und dann über einen Schuppen kroch, dessen Dach aus losen Klötzen bestand, er zu einer Luke kam, die auf das Fenster der Webkammer ging. Und an dieser Luke saß der Adjunkt Stunde um Stunde zusammengekauert und sah die Pfarrerstochter bloßarmig und rotwangig am Webstuhl arbeiten.

Es dauerte auch nicht lange, so entdeckte er, wo sie ihr Lieblingsplätzchen im Garten hatte. Der ganze Garten war natürlich von hohen Hecken umgeben, wie es in Schoonen der Brauch ist, und man war da ebenso eingeschlossen wie in einer Stube. Aber es gab ein kleines Gatter, das auf die Felder hinausführte, und da pflegte die Pfarrerstochter stundenlang zu stehen und über die wogenden Felder hinauszublicken. Und während sie da stand, lag der Adjunkt ganz in der Nähe, in dem dichten Roggen verborgen, und verschlang sie mit den Augen.

Als jedoch einige Wochen vergangen waren, bekam der alte Pfarrer vom Bischof den Bescheid, daß er es so haben könnte, wie er es sich wünschte.

Der Pfarrer war darüber so erfreut, daß er keinen Augenblick zögern wollte, den Adjunkten zu verabschieden. Er steckte den Brief des Bischofs in die Tasche und begab sich hinunter in das Zimmer des Adjunkten.

Als der Pfarrer hereinkam, saß der junge Geistliche da und schrieb.

Er verfaßte eine Predigt, aber er geriet in solche Verlegenheit, als hätte er einen Liebesbrief geschrieben. Er konnte sich kaum überwinden, zu gestehen, womit er sich beschäftigt hatte, als der Pfarrer ihn fragte, was er denn da in die Schreibtischlade schiebe.

Der Alte wußte, daß er den Adjunkten jetzt los wurde, und darum war er milder gegen ihn gestimmt als früher. Und zum ersten Male begann er sich zu fragen, woher es wohl komme, daß der Adjunkt so war und warum ein solcher wie er Priester geworden sei. Er begann ihn auszufragen.

Da erzählte der Adjunkt alles. Er hatte immer solche Lust gehabt, zu predigen. Er hatte den Bäumen am Straßenrand gepredigt, als er mit seiner Mutter herumzog und bettelte. Er wußte nicht, wann er angefangen hatte, aber er hatte immer Geistlicher werden wollen, nur um predigen zu können.

Der Alte wunderte sich, daß er, der so arm gewesen, zur Schule kommen konnte, und der Adjunkt fuhr fort zu erzählen. Er schien die ganze Schulzeit hindurch gefroren und gehungert zu haben. Aber in allen Bedrängnissen hatte er sich damit getröstet, an den Augenblick zu denken, in dem er seine Stimme erheben und in Gottes Haus reden durfte.

Einmal ums andere steckte der Propst die Hand in die Tasche, um den Brief des Bischofs herauszuziehen, aber er hatte jetzt nicht den Mut, nicht das Herz, es zu tun. Vielmehr bat er den Adjunkten, ihn die Predigt lesen zu lassen, an der er eben arbeitete.

Er las sie und schüttelte den Kopf und ging seiner Wege, ohne ein Wort zu sagen. Aber am nächsten Sonntag predigte der Adjunkt, und er machte seine Sache gar nicht so übel.

Der alte Propst machte sich nun daran, den Adjunkten zu erziehen. Er lehrte ihn predigen und die Kirchenbücher führen, aber er versicherte oft und oft, er habe kaum je eine größere Selbstverleugnung geübt als an dem Tage, an dem er darauf Verzicht leistete, ihn zu verabschieden.

Es ist einleuchtend, wenn es einem klugen alten Manne so schwer fiel, sich mit dem jungen Geistlichen zu befreunden, mußte es doch noch viel schwerer für das Pfarrerstöchterlein sein, das so gefeiert und verwöhnt war und nicht mehr als zwanzig Jahre zählte.

Es war ein schöner Sonntagnachmittag mitten im Sommer. Der Pfarrhof war voll Gäste, und sie waren nun alle auf einer Spazierfahrt durch den großen Schloßwald. Die einzige, die daheim geblieben war, war die Pfarrerstochter. Sie sollte wohl auf das Haus achtgeben, denn auch die Dienstleute hatten Erlaubnis bekommen, auszugehen, so daß kein Knecht und keine Magd daheim weilte.

Der einzige, der nicht fort war, war der Adjunkt, aber die Pfarrerstochter wußte, daß er sich in die Annexgemeinde begeben sollte, um zu predigen. Sie hätte es vermutlich nicht gewagt, allein daheim zu bleiben, wenn sie nicht gewußt hätte, daß er fortgehen mußte.

Aber bevor der Adjunkt in die Kirche ging, wollte er sich mit einem Schluck Dünnbier aus dem Silberbecher erquicken, der immer auf dem Anrichtetisch im Speisesaal stand. Und als er ins Zimmer kam und die Pfarrerstochter da allein fand, da hielt er um sie an.

Sie antwortete ohne Bedenken nein, und er ging seiner Wege, ohne sie zu bitten oder zu drängen. Und die Pfarrerstochter war froh, daß dies Furchtbare jetzt überstanden war.

Sie ging in den Salon und pirouettierte dort vor dem Spiegel. Als sie sah, wie fein und leicht und hell sie war, lachte sie über den schwarzen Adjunkten, der geglaubt hatte, er könne sie kriegen.

Im selben Augenblick zuckte sie ganz erschrocken zusammen. Was hörte sie denn da? Sie lauschte atemlos und angestrengt. Ja, da war bestimmt jemand, der im Nebenzimmer stand und weinte.

Sie vermutete, daß einer von den Gästen nach Hause gekommen war, und ging in den Eßsaal, um nachzusehen, wer es sein mochte. Dort drinnen hörte sie das Weinen sehr deutlich, aber sie sah keine lebende Seele im Zimmer. Der Eßsaal war groß, aber es gab da keine Stelle, wo jemand sich verbergen konnte. Nichtsdestoweniger guckte die Pfarrerstochter unter den Tisch und hinter die Rohrstühle. Sie sah in der Kaminecke nach, im Schrank und hinter den Türen. Es war kein Mensch im Zimmer.

Aber während sie so suchte, hörte sie deutlich, wie jemand weinte. Und das Weinen kam von einer Stelle in der Nähe des Fensters, ungefähr da, wo der Adjunkt gestanden war, als er um sie gefreit hatte.

Die Pfarrerstochter versuchte sich selbst zu sagen, daß das nichts anderes als Einbildung sein konnte. Sie biß die Zähne zusammen und näherte sich mutig der Stelle, von der das Weinen ausging, und dachte, jetzt würde es wohl aufhören, aber es war keine Einbildung: das Seufzen und Schluchzen war auch weiter zu hören. Jemand weinte hoffnungslos und verzweifelt, nur zwei Schritte von ihr entfernt. Es war ein solches Schluchzen, wie wenn ein Mensch die Hände vors Gesicht schlägt und sich niederwirft und weint, als wollte er sich zu Tode weinen.

Schließlich hatte sie solche Angst, daß sie sich auf einen Stuhl setzen mußte, um nicht ohnmächtig umzusinken. Und da saß sie eine volle Viertelstunde ganz still und lauschte, wie der Unsichtbare fortfuhr zu weinen.

Sie konnte kein Glied rühren, sie konnte nicht fliehen, sie konnte nicht rufen. Sie saß leichenblaß da, mit verschlungenen Händen, und bei jedem neuen Schluchzen zuckte sie vor Schrecken zusammen.

Ein einziges Mal während dieser ganzen Zeit regte sie sich. Es fiel ihr ein, daß das Weinen von jemandem vor dem Fenster kommen könnte. Sie zwang sich, aufzustehen, das Fenster zu öffnen und hinauszuschauen, aber der ganze Hof lag verödet da, und sie sank wieder auf ihren Sitz.

Es schien ihr, daß der Weinende von härterem Leid gequält sein müsse, als sie sich je hatte vorstellen können. Das war eine Seele, die sich in solcher Angst befand, daß Tod und Vernichtung Balsam für sie gewesen wäre. Nichts auf der Welt konnte jemanden trösten, der in solcher Weise weinte.

Zum erstenmal in ihrem Leben begriff sie, was Leiden heißt. Sie hätte mitweinen können, wäre sie nicht so schreckgelähmt gewesen.

Es klang so jammervoll und gequält, als käme es von einer Seele, die aus dem Himmel verwiesen wäre.

Dies währte, wie gesagt, eine Viertelstunde, bis die Glocke der Annexgemeinde zu läuten begann. Nun hatte der Küster den Adjunkten über den Feldweg herankommen sehen, und da hatte er zu läuten angefangen. Und es fiel ihr ein, daß sie sich gefreut hätte, wenn er gerade jetzt daheim gewesen wäre. Sie wäre glücklich gewesen, wenn sie jemand gehabt hätte, den sie zu sich rufen konnte.

Aber ungefähr zur gleichen Zeit, zu der das Läuten begann, hörte das Weinen auf. Doch – nun kam die Reihe an die Pfarrerstochter zu weinen. Sie war so aufgewühlt, daß sie weinte, bis die Hausgenossen von dem Ausflug zurückkehrten.

»Möchte niemand je um meinetwillen so weinen müssen!« dachte sie. »Möchte ich nie solchen Schmerz verursachen!«

Als sie Wagenräder rollen hörte, lief sie den Heimkehrenden entgegen und wollte natürlich gleich erzählen, was ihr geschehen war. Aber da schlossen sich ihre Lippen, und sie vermochte nichts zu sagen. »Das war für dich«, sagte etwas in ihr, »du und kein anderer sollte es hören.«

Den ganzen Nachmittag ging sie in dem Gefühl herum, daß sie sich in einer anderen Welt befand. Alles, was man tat, alles, wovon man sprach, schien ihr so verwunderlich fremd.

Aber plötzlich zuckte sie zusammen und war ganz hellwach. Sie stand da in der Küche und hörte die Mägde davon sprechen, daß der Adjunkt an diesem Nachmittag so seltsam gepredigt hatte. Jeder Mensch in der Kirche hatte weinen müssen.

Worüber hatte er gesprochen?

Er hatte von dem Jammer der sündigen Seelen gesprochen, die vom Paradiese ausgeschlossen sind.

Da erschrak die Pfarrerstochter. Es dünkte ihr, daß eine große Sünde auf ihr lastete, die sie sühnen mußte.

Nach dem Abendbrot, als der Adjunkt gute Nacht gesagt hatte, folgte ihm die Pfarrerstochter in den Vorraum.

»Herr Pastor, um Gotteswillen, sagen Sie mir die Wahrheit!« sagte sie. »Haben Sie heute nachmittag geweint, als Sie zur Kirche gingen?«

»Das habe ich«, sagte er, »ich konnte es nicht lassen.«

Da wußte die Pfarrerstochter, daß er es war, den sie gehört hatte. Es war ein wunderliches Gefühl in ihrem Herzen, als sie begriff, daß seine Liebe zu ihr so groß war, und daß er ein so tiefes Leid über ihre Weigerung empfunden hatte.

Sie fand es köstlich, so sehr geliebt zu sein, und sie dachte nicht mehr an ihre anderen Freier, und es kam ihr auch gar nicht mehr in den Sinn, wie häßlich und arm der Adjunkt war.

»Ich will nicht, Herr Pastor, daß Sie so unglücklich sind«, sagte sie. »Ich will versuchen, Ihnen gut zu sein.«

Im Gerichtssaal

Es ist in einem Gerichtssaal weit draußen auf dem Lande. Am Richtertisch, hoch oben im Saal, sitzt der Richter, ein großer, stark gebauter Mann mit breitem, grobgeschnittenem Gesicht. Schon mehrere Stunden lang hat er einen Fall nach dem andern entschieden, und schließlich ist etwas wie Überdruß und Düsterkeit über ihn gekommen. Es ist schwer zu sagen, ob es die Hitze und Schwüle im Gerichtssaal ist, die ihn quält, oder ob er schlechter Laune geworden ist, durch die Beschäftigung mit allen diesen kleinlichen Zwistigkeiten, die aus keinem andern Grunde entstanden zu sein scheinen, als um die Streitlust und Unbarmherzigkeit und Gewinnsucht der Menschen zu zeigen.

Er hat gerade mit einer der letzten Verhandlungen begonnen, die an diesem Tage geführt werden sollen. Es handelt sich um die Forderung eines Erziehungsbeitrages.

Dieser Fall ist schon am vorigen Gerichtstag verhandelt worden, und das Protokoll des früheren Prozesses wird eben verlesen. Daraus erfährt man fürs erste, daß die Klägerin eine arme Dienstmagd ist und der Beklagte ein verheirateter Mann.

Weiter geht aus dem Protokoll hervor, daß der Beklagte erklärt hat, daß die Klägerin ihn mit Unrecht und nur aus Gewinnsucht hierher zitiert habe. Er gibt zu, daß die Klägerin eine Zeitlang auf seinem Hof in Dienst gestanden sei, aber er habe sich während dieser Zeit in keinerlei Liebeshandel mit ihr eingelassen, und sie habe kein Recht, irgendwelche Unterstützung von ihm zu begehren. Die Klägerin hat jedoch an ihrer Behauptung festgehalten, und nachdem man einige Zeugen vernommen hat, ist dem Beklagten aufgetragen worden, einen Schwur zu leisten, wenn er nicht verurteilt werden soll, der Klägerin die verlangte Unterstützung zu geben.

Beide Parteien haben sich eingefunden und stehen nebeneinander vor dem Gerichtstisch. Die Klägerin ist sehr jung und sieht ganz verschüchtert aus. Sie weint vor Scham und trocknet mühsam die Tränen mit einem zusammengeknüllten Taschentuch, und es scheint, als könne sie es nicht auseinanderfalten. Sie trägt schwarze Kleider, die ziemlich neu und ungetragen aussehen, aber sie sitzen so schlecht, daß man versucht ist, zu glauben, sie habe sie sich ausgeliehen, um anständig vor Gericht erscheinen zu können.

Was den Beklagten betrifft, so sieht man ihm gleich an, daß er ein wohlbestellter Mann ist. Er mag etwa vierzig Jahre alt sein und hat ein keckes und frisches Aussehen. Wie er da vor dem Richterstuhl steht, zeigt er eine sehr gute Haltung. Es sieht ja nicht aus, als fände er ein besonderes Vergnügen daran, da zu stehen, aber er macht auch durchaus keinen befangenen Eindruck.

Sobald das Protokoll verlesen ist, wendet sich der Richter an den Beklagten und fragt ihn, ob er an seinem Leugnen festhalte und ob er bereit sei, den Eid abzulegen.

Auf diese Fragen antwortet der Beklagte sogleich mit einem raschen Ja. Er fängt an, in der Westentasche zu graben, und holt ein Zeugnis des Pfarrers hervor, das bestätigt, daß er die Wichtigkeit und Bedeutung des Eides kennt und unbehindert ist, ihn abzulegen.

Während dieser ganzen Zeit hat die Klägerin nicht aufgehört, zu weinen. Sie scheint unüberwindlich scheu zu sein und hält die Augen hartnäckig zu Boden geschlagen. Sie hat den Blick noch nicht so weit erhoben, daß sie dem Beklagten ins Gesicht sehen konnte.

Als er nun sein Ja sagt, zuckt sie zusammen. Sie tritt ein paar Schritte näher an den Richterstuhl heran, so, als hätte sie etwas einzuwenden, aber dann bleibt sie stehen. Es ist wohl nicht möglich, scheint sie zu sich selbst zu sagen, er kann nicht ja gesagt haben. Ich habe nicht recht gehört.

Indessen nimmt der Richter das Zeugnis in die Hand und gibt zu gleicher Zeit dem Gerichtsdiener einen Wink. Der Gerichtsdiener tritt an den Tisch heran, um die Bibel zu nehmen und sie vor den Beklagten hinzulegen.

Die Klägerin hört, daß jemand an ihr vorbeigeht und wird unruhig. Sie zwingt sich, den Blick so weit zu heben, daß sie über den Tisch hinsehen kann, und da gewahrt sie, daß der Gerichtsdiener die Bibel zurechtschiebt.

Noch einmal sieht es aus, als wollte sie einen Einwand machen. Aber sie hält sich wieder zurück. Es ist ja nicht möglich, daß er den Eid ablegt. Der Richter muß ihn doch daran hindern.

Der Richter ist ein so kluger Mann, und er weiß gar wohl, was die Leute in seiner Heimat denken und fühlen. Er müsse doch wissen, wie streng alle die Menschen sind, sobald es sich um etwas handelt, was die Ehe betrifft. Sie kannten keine ärgere Sünde, als die, die sie begangen hat. Würde sie je so etwas von sich selbst gestanden haben, wenn es nicht wahr gewesen wäre? Der Richter könnte wohl wissen, welche furchtbare Verachtung sie sich zugezogen hatte. Und nicht nur Verachtung allein, sondern auch alles mögliche Elend. Niemand wollte sie in Dienst nehmen. Niemand wollte ihre Arbeit haben. Ihre eigenen Eltern duldeten sie kaum in ihrer Hütte, sondern sprachen jeden Tag davon, sie hinauszuwerfen. Nein, der Richter müsse wohl begreifen, daß sie keine Unterstützung von einem verheirateten Mann verlangt haben würde, wenn sie nicht ein Recht darauf hätte.

Der Richter könnte doch nicht glauben, daß sie in einer solchen Sache lüge, daß sie so furchtbares Unglück auf sich herabbeschworen hätte, wenn sie einen andern hätte anklagen können als einen verheirateten Mann. Und wenn er dies wußte, so müsse er doch den Eid verhindern.

Sie sieht, daß der Richter dasitzt und das Zeugnis des Pfarrers ein paarmal durchliest. Darum fängt sie an zu glauben, daß er eingreifen wird.

Es ist auch richtig, daß der Richter nachdenklich aussieht. Er heftet seine Blicke ein paarmal auf die Klägerin, aber dabei wird der Ausdruck des Ekels und des Überdrusses, der auf seinem Gesicht ruht, immer deutlicher. Es sieht aus, als wäre er ungünstig gegen sie gestimmt. Selbst wenn die Klägerin die Wahrheit spricht, so ist sie ja doch eine schlechte Person, und der Richter kann kein Interesse für sie empfinden.

Es kommt manchmal vor, daß der Richter in einen Prozeß eingreift, als ein guter und kluger Ratgeber, und die Parteien davor behütet, sich ganz und gar zugrunde zu richten. Aber diesmal ist er müde und überdrüssig, und er denkt an nichts andres, als dem gesetzlichen Verfahren seinen Lauf zu lassen.

Er legt das Zeugnis hin und sagt dem Beklagten mit ein paar Worten, er hoffe, daß dieser die verhängnisvollen Folgen eines falschen Schwures genau bedacht habe. Der Beklagte hört ihn mit derselben Ruhe an, die er die ganze Zeit über an den Tag gelegt hat, und antwortet respektvoll und nicht ohne Würde.

Die Klägerin hört dies mit dem äußersten Schrecken. Sie macht ein paar heftige Bewegungen und preßt die Hände zusammen. Nun will sie vor dem Richterstuhl sprechen. Sie kämpft einen furchtbaren Kampf mit ihrer Scheu und mit dem Schluchzen, das ihr die Kehle zusammenschnürt. Das Ende ist doch, daß sie kein hörbares Wort hervorbringen kann.

Der Eid soll also geleistet werden. Er wird ihn ablegen. Niemand wird ihn hindern, seine Seele zu verschwören.

Bis dahin hat sie nicht glauben können, daß es geschehen würde. Aber jetzt packt sie die Gewißheit, daß es unmittelbar bevorsteht, daß es im nächsten Augenblick eintreten wird. Ein Schrecken, der viel überwältigender ist als alles, was sie bisher gekannt hat, bemächtigt sich ihrer. Sie wird ganz versteinert, sie weint nicht einmal mehr. Die Augen stehen ihr im Kopfe still.

Es ist also seine Absicht, die ewige Verdammnis auf sich herabzubeschwören.

Sie versteht wohl, daß er sich um seines Weibes willen freischwören will. Aber wenn er auch einen schweren Stand mit ihr haben sollte, so darf er doch deshalb nicht seiner Seele Seligkeit preisgeben.

Es gab nichts Furchtbareres als einen Meineid. Es war etwas Geheimnisvolles und Gräßliches um diese Sünde. Es gab keine Gnade oder Vergebung für sie. Die Tore des Abgrundes öffneten sich von selbst, wenn der Name des Meineidigen genannt wurde.

Wenn sie jetzt die Blicke zu seinem Gesicht erhoben hätte, würde sie gefürchtet haben, es schon mit irgendeinem Zeichen der Verdammnis gestempelt zu sehen, von Gottes Zorn ihm aufgeprägt.

Während sie so dasteht und immer größere Angst sich ihrer bemächtigt, hat der Richter dem Beklagten gezeigt, wie er die Finger auf die Bibel zu legen hat. Dann schlägt der Richter im Gesetzbuch nach, um die Eidesformel zu finden.

Als sie ihn die Finger auf das Buch legen sieht, macht sie noch einen Schritt zum Richterstuhl hin, und es sieht aus, als wollte sie sich über den Tisch beugen und seine Hand fortziehen.

Aber noch wird sie von einer letzten Hoffnung zurückgehalten. Sie glaubt, daß er jetzt im letzten Augenblick noch davon abstehen wird.

Der Richter hat die Seite im Gesetzbuch gefunden, nach der er gesucht hat; und jetzt beginnt er, den Eid laut und deutlich vorzusagen. Dann macht er eine Pause, damit der Beklagte seine Worte nachsprechen kann. Und der Beklagte fängt wirklich an, sie nachzusprechen, aber er macht einen kleinen Fehler, so daß der Richter von vorn anfangen muß.

Jetzt kann sie keinen Schimmer von Hoffnung mehr haben. Jetzt weiß sie, daß er falsch schwören, daß er Gottes Zorn für das ganze zukünftige Leben auf sich herabschwören will.

Sie steht da und ringt die Hände in ihrer Hilflosigkeit. Und es ist alles ihre Schuld, weil sie ihn angeklagt hat.

Aber sie war ja ohne Arbeit, sie hungerte und fror. Das Kind lag im Sterben. An wen hätte sie sich sonst wenden sollen, um Hilfe zu finden?

Nie hätte sie auch geglaubt, daß er eine so schreckliche Sünde würde begehen können.

Jetzt hat der Richter den Eid abermals vorgesagt. In einigen Augenblicken wird die Tat vollbracht sein. Jene Tat, von der es keine Umkehr gibt, die niemals gutgemacht, niemals ausgelöscht werden kann.

Gerade als der Beklagte anfängt, den Eid nachzusagen, stürzt sie vor, schleudert seine ausgestreckte Hand beiseite und reißt die Bibel an sich. Ein furchtbares Entsetzen hat ihr endlich den Mut gegeben. Er darf seine Seele nicht verschwören. Er darf nicht.

Der Gerichtsdiener eilt sogleich herbei, um ihr die Bibel abzunehmen und sie zur Ordnung zurückzurufen. Sie hat ungeheure Angst vor allem, was mit dem Gericht zusammenhängt, und sie glaubt, daß das, was sie jetzt getan hat, sie auf die Festung bringen wird. Aber sie gibt die Bibel nicht her. Was es auch kosten mag, er darf den Eid nicht ablegen. Er, der schwören will, läuft auch herbei, um das Buch zu ergreifen, aber sie leistet auch ihm Widerstand.

»Du darfst den Eid nicht ablegen!« ruft sie. »Du darfst nicht!«

Was jetzt vorgeht, erweckt natürlich das größte Staunen. Die Versammelten drängen sich zum Richtertisch, die Geschwornen erheben sich, der Protokollführer springt auf, mit dem Tintenfaß in der Hand, damit es nicht umgestürzt würde.

Da ruft der Richter mit lauter, zorniger Stimme: »Still!« und alle die Menschen bleiben regungslos stehen.

»Was fällt dir bei? Was hast du mit der Bibel zu schaffen?« fragt der Richter die Klägerin mit harter und strenger Stimme.

Nachdem sie ihrer Angst in einer Tat der Verzweiflung Luft gemacht hat, ist ihre Beklemmung gewichen, so daß sie antworten kann: »Er darf den Eid nicht ablegen!«

»Sei still und gib das Buch zurück!« ruft der Richter.

Aber sie gehorcht nicht, sondern umklammert das Buch mit beiden Händen.

»Er darf den Eid nicht ablegen!« ruft sie mit ungezügelter Heftigkeit.

»Ist es dir so sehr darum zu tun, den Prozeß zu gewinnen?« fragt der Richter mit immer schärferer Stimme.

»Ich will die Klage zurückziehen!« ruft sie mit lauter, schneidender Stimme. »Ich will ihn nicht zwingen, zu schwören!«

»Was schreist du da?« fragt der Richter. »Hast du den Verstand verloren?«

Sie ringt heftig nach Atem und versucht sich zu beruhigen. Sie hört selbst, wie sie schreit. Der Richter muß wohl glauben, daß sie toll geworden ist, weil sie das, was sie will, nicht in ruhigen Worten sagen kann. Noch einmal kämpft sie mit sich selbst, um Macht über die Stimme zu erlangen, und diesmal gelingt es ihr. Sie sagt langsam, ernst, laut, während sie dem Richter gerade ins Gesicht sieht:

»Ich will die Klage zurückziehen. Er ist der Vater des Kindes. Aber ich habe ihn noch lieb. Ich will nicht, daß er falsch schwört!«

Sie steht aufrecht und entschlossen vor dem Richtertisch und sieht dem Richter gerade in sein strenges Gesicht. Er sitzt da, beide Hände auf den Tisch gestützt, und lange, lange wendet er den Blick nicht von ihr. Während der Richter sie betrachtet, geht eine große Veränderung mit ihm vor. All das Schlaffe und Mißvergnügte, das in seinen Zügen lag, verschwindet, und das große, grobe Gesicht wird durch die Rührung geradezu schön. Sieh da, denkt der Richter, sieh da, so ist mein Volk. Ich will mich nicht darüber beklagen, wo doch bei einer der Geringsten so viel Liebe und Gottesfurcht zu finden ist.

Plötzlich aber spürt der Richter, daß seine Augen sich mit Tränen füllen, und da zuckt er beinahe beschämt zusammen und wirft einen raschen Blick um sich. Da sieht er, daß die Schreiber und Gerichtsdiener und die ganze lange Reihe der Beisitzer sich vorgebeugt haben, um das Mädchen anzusehen, das vor dem Richtertisch steht, die Bibel an sich gedrückt. Und er sieht einen Schimmer auf ihren Gesichtern, so als hätten sie etwas richtig Schönes gesehen, das sie bis in das tiefste Herz erfreut hat.

Hierauf sieht der Richter auch über das versammelte Volk hin, und es ist ihm, als säßen alle diese Menschen stumm und atemlos da, als hätten sie gerade jetzt das gehört, wonach sie sich am meisten gesehnt.

Zu allerletzt sieht der Richter den Beklagten an. Jetzt ist er es, der mit gesenktem Kopf dasteht und zu Boden blickt.

Der Richter wendet sich abermals an das arme Mädchen. »Es soll so sein, wie du es haben willst«, sagt er. »Die Klage wird zurückgezogen«, diktiert er dem Protokollführer.

Der Beklagte macht eine Bewegung, als wollte er einen Einwand vorbringen. »Was denn? Was denn?« schreit ihn der Richter an. »Hast du vielleicht etwas dagegen?« Der Beklagte läßt den Kopf noch tiefer sinken und sagt kaum hörbar: »Ach nein, es ist wohl am besten so.«

Der Richter sitzt noch einen Augenblick still, dann schiebt er den schweren Stuhl zurück, erhebt sich und geht rings um den Tisch zur Klägerin hin.

»Ich danke dir«, sagt er und reicht ihr die Hand.

Sie hat die Bibel jetzt fortgelegt und steht da und weint und trocknet die Tränen mit dem zusammengerollten Taschentuch.

»Ich danke dir!« sagt der Richter noch einmal und ergreift ihre Hand so leicht und behutsam, als wäre sie etwas gar Feines und Kostbares.

Der Roman einer Fischerfrau

Am Ende des Fischerdorfes stand eine kleine Hütte auf einem niedrigen Hügel von weißem Seesand. Sie war nicht so gebaut, daß sie in einer Reihe mit den gleichmäßig hohen, zierlichen, regelrechten Häusern stehen konnte, die den breiten grünen Platz umgaben, wo die braunen Fischernetze trockneten, sondern schien aus der Linie ausgeschlossen und auf den Sandhügel versetzt worden zu sein. Die arme Witwe, die sie errichtet, war ihr eigener Baumeister gewesen und sie hatte die Wände ihres Häuschens niedriger als die aller andern Häuser und sein steiles Strohdach höher als die übrigen Dächer im Fischerdorfe gemacht. Der Fußboden lag tief in der Erde. Das Fenster war weder hoch noch groß, reichte aber doch von der Erde bis ans Dach. Für die Herdmauer und den Gänsestall war schließlich in der einzigen, engen Stube kein Raum mehr gewesen, so daß um ihretwillen kleine viereckige Erker hatten angemauert werden müssen. Die Hütte hatte nicht wie die andern Häuschen einen kleinen Garten mit von Winden umrankten Stachelbeersträuchern und von Kletten halberstickten Holunderbüschen. Von der ganzen Pflanzenwelt des Fischerdorfes hatten sich nur die Kletten auf den Sandhügel hinaus begeben. Im Sommer waren sie recht hübsch, solange sie frische, dunkelgrüne Blätter hatten und die ausgezackten, mit Haken versehenen Körbchen hochrote Blüten umschlossen. Doch im Herbste, wenn die Zacken sich verhärtet hatten und die Früchte reif geworden waren, vernachlässigten sie ihr Äußeres und standen entsetzlich häßlich und dürr mit ihren zerfetzten, von einer traurigen Hülle bestaubter Spinnweben überzogenen Blättern da.

Die Hütte hatte nie mehr als zwei Besitzer, denn mehr als zwei Generationen hindurch vermochten ihre Wände von Rohr und Lehm das schwere Dach nicht zu tragen. Doch so lange sie stand, gehörte sie armen Witwen. Die zweite dort wohnende Witwe hatte ihre Freude an den Kletten, besonders im Herbste, wenn sie trocken waren und an allem hängen blieben. Sie erinnerten sie da an die Erbauerin der Hütte. Diese war auch zusammengeschrumpft und dürr gewesen, hatte die Gabe besessen, sich anzuklammern und festzuhalten, und alle ihre Kraft angewandt, um ihr Kind in der Welt etwas werden zu lassen. Sie, die nun so allein dort saß, hätte bei dem Gedanken daran lachen und auch weinen mögen. Wenn die Alte die Klettennatur nicht besessen, wäre alles anders gekommen. Doch wer weiß, ob das besser gewesen wäre?

Die Einsame grübelte oft über das Schicksal nach, das sie an die flache Küste Schonens, an den schmalen Sund und unter diese stillen Leute geführt hatte. Denn sie war in einer norwegischen Seestadt geboren, die auf einem schmalen Uferstreifen zwischen dem steil abfallenden Gebirge und dem offenen Meere lag, und wenn sie dort auch, seit ihr Vater, ein Kaufmann, gestorben, ohne den Seinigen etwas zu hinterlassen, in bescheidenen Verhältnissen gelebt hatte, so war sie doch an Leben und Fortschritt gewöhnt gewesen. Sie pflegte sich selbst immer wieder ihre Geschichte zu erzählen, wie man ein schwerverständliches Buch oft durchliest, um seinen Grundgedanken zu erforschen.

Das Merkwürdige, was sie erlebt, hatte damit begonnen, daß sie eines Abends auf dem Heimwege von der Schneiderin, bei der sie arbeitete, von zwei Seeleuten überfallen und von einem dritten befreit worden war. Dieser stritt mit wirklicher Lebensgefahr für sie und begleitete sie dann nach Hause. Sie führte ihn zu ihrer Mutter und ihren Geschwistern und erzählte ihnen voller Begeisterung, was er für sie getan. Das Leben schien ihr neuen Wert bekommen zu haben, seit ein anderer so viel gewagt, um es zu verteidigen. Er war da von ihren Angehörigen sofort freundlich aufgenommen und gebeten worden, so bald und so oft er könne, wiederzukommen.

Er hieß Börje Nilsson und war Matrose auf der schonenschen Jacht Albertina. Solange das Schiff im Hafen lag, kam er beinahe täglich zu ihnen, und bald hielten sie es für unmöglich, daß er nur ein gewöhnlicher Matrose sei. Er kam stets in glänzend reinem, niedergeschlagenem Hemdkragen und trug einen Anzug von feinem Tuche. Unbefangen und offenherzig ging er mit ihnen um, als sei er es gewöhnt, sich in denselben Kreisen zu bewegen wie sie. Ohne daß er es gerade heraus sagte, erhielten sie den Eindruck, daß er von angesehener Familie, der einzige Sohn einer reichen Witwe sei, seine unüberwindliche Neigung zum Seeleben ihn aber veranlaßt habe, Matrose zu werden, damit seine

Mutter sähe, daß es ihm Ernst damit sei. Habe er nur seine Examina gemacht, so werde sie ihm schon ein eigenes Schiff kaufen.

Die für sich allein lebende Familie, die sich von allen früheren Freunden zurückgezogen hatte, empfing ihn ohne jegliches Mißtrauen. Und er beschrieb mit leichtem Herzen und geläufiger Zunge sein Vaterhaus mit dem hohen, spitzen Dache, dem großen, offnen Kamine im Speisesaale und den kleinen Fensterscheiben. Er schilderte auch die stillen Gassen seiner Vaterstadt und die langen Reihen gleichmäßig gebauter Häuser, in denen sein Elternhaus mit seinen unregelmäßigen Erkern und Absätzen eine anmutige Unterbrechung bildete. Und seine Zuhörer glaubten ihn aus einem jener alten Bürgerhäuser mit bildergeschmücktem Giebel und vorspringendem Oberstocke hervorgegangen, die einen so mächtigen Eindruck von Reichtum und ehrwürdigem Alter machen. Sehr bald hatte sie gemerkt, daß er sie lieb hatte, und dies war der Mutter und den Geschwistern eine große Freude gewesen. Der reiche, junge Schwede kam, wie um sie alle aus ihrer Armut zu erheben. Wenn er ihr auch nicht gefallen, hätte sie doch nicht daran denken können, seinen Antrag abzulehnen. Hätte sie einen Vater oder einen erwachsenen Bruder besessen, so würde sich dieser wohl genauer nach der Herkunft und der Stellung des Fremden erkundigt haben, doch weder sie noch die Mutter dachte daran, Nachforschungen anzustellen. Später merkte sie, daß sie ihn geradezu zum Lügen gezwungen hatten. Anfänglich hatte er sie sich selbst die großen Gedanken über seinen Reichtum einbilden lassen, ohne eine böse Absicht damit zu verbinden, doch als er dann ihre Freude darüber sah, hatte er, aus Furcht, sie zu verlieren, nicht die Wahrheit zu sagen gewagt.

Noch vor seiner Abreise verlobten sie sich, und als die Jacht wiederkam, hielten sie Hochzeit. Es war eine Enttäuschung für sie, daß er auch bei der Rückkehr als Matrose auftrat, doch er war durch seinen Kontrakt gebunden. Er brachte ihr auch keine Grüße von seiner Mutter. Diese hatte erwartet, daß er eine andere Wahl treffe, doch sie würde schon zufrieden sein, sagte er, wenn sie Astrid erst kennen lernte. – Trotz aller seiner Lügen hätten sie doch leicht sehen können, daß er ein armer Mann war, wenn sie nur die Augen hätten aufmachen wollen. Der Schiffer erbot sich, ihr seine Kajüte abzutreten, wenn sie die Überfahrt auf seiner Jacht machen wollte, und sein Anerbieten wurde hocherfreut angenommen. Börje hatte da fast gar keinen Dienst und saß meistens bei seiner Frau auf dem Achterdecke. Und nun gab er ihr das Glück der Phantasie, von dem er selbst sein Leben lang gelebt hatte. Je mehr er an das im Sandhügel halbbegrabene Häuschen dachte, desto höher erbaute er den Palast, in den er sie hatte führen mögen. Er ließ sie in Gedanken in einen Hafen gleiten, der Börje Nilssons Frau zu Ehren mit Flaggen und Blumen geschmückt war. Er ließ sie die Begrüßungsrede des Bürgermeisters hören. Er ließ sie unter einer Ehrenpforte hindurch fahren, während die Männer ihr nachschauten und die Frauen vor Neid erblaßten. Und er führte sie in sein stattliches Haus, wo der sich verbeugende Diener mit silberweißen Locken am Geländer der breiten Treppe stand und wo der zu einer festlichen Mahlzeit gedeckte Tisch beinahe unter dem alten Silberzeug der Familie zusammenbrach.

Als sie die Wahrheit entdeckte, glaubte sie zuerst, der Schiffer habe Börje sie betrügen helfen, später aber wurde es ihr klar, daß dies nicht der Fall gewesen. Alle auf der Jacht hatten die Gewohnheit, von Börje wie von einem großen Manne zu reden. Es galt für einen Hauptspaß, an Bord wie im Ernste von seinem Reichtum und seiner vornehmen Familie zu sprechen. Sie glaubten, Börje habe ihr die Wahrheit gesagt, und sie scherze ebenfalls mit ihm, wenn sie von seinem großen Hause sprach. So war es möglich, daß sie, als die Jacht in dem Börjes Heimat zunächst liegenden Hafen Anker warf, noch immer fest der Meinung war, die Frau eines reichen Mannes zu sein. Börje erhielt vierundzwanzig Stunden Urlaub, um seine Frau in ihr künftiges Heim einzuführen und sie mit ihrem neuen Leben bekannt zu machen. Als sie nun an dem Kai, wo die Flaggen hätten wehen und die Menge dem jungen Paare hätte entgegenjubeln sollen, landeten, herrschte dort nur Leere und Alltagsruhe, und Börje bemerkte, daß seine Frau sich mit einer gewissen Enttäuschung umsah.

»Wir sind zu früh gekommen«, hatte er da gesagt. »Die Reise ist bei diesem schönen Wetter ungewöhnlich schnell gegangen. Nun haben wir auch keinen Wagen hier und müssen weit gehen, denn das Haus liegt außerhalb der Stadt.«

»Das macht nichts, Börje«, hatte sie geantwortet. »Das Gehen wird uns nach dem langen Stillsitzen an Bord gut tun.«

Und dann machten sie sich auf und traten jene entsetzliche Wanderung an, an die sie noch jetzt in ihren alten Tagen nicht denken konnte, ohne vor Angst zu stöhnen und die Hände vor Schmerz zusammenzudrücken. Sie durchschritten breite, menschenleere Straßen, die sie sofort nach seiner Beschreibung wiedererkannte. Die dunkle Kirche und die ebenmäßigen Häuser erschienen ihr wie alte Bekannte; doch wo prunkten der bildergeschmückte Giebel und die Marmortreppe mit dem hohen Geländer? Börje hatte ihr da zugenickt, als habe er ihre Gedanken erraten. »Es ist noch weit«, hatte er gesagt. Wäre er nur so barmherzig gewesen, ihrer Hoffnung mit einem Male den Todesstoß zu geben. Hätte er ihr freiwillig alles gesagt, so wäre kein Groll gegen ihn in ihre Seele eingezogen. Doch daß er ihre Angst vor dem Truge sehen und doch hatte fortfahren können, sie zu täuschen, das hatte ihr zu bittern Schmerz bereitet. Sie hatte es ihm nie ganz vergeben können. Sie konnte sich allerdings sagen, daß er sie so weit wie möglich führen wolle, damit sie ihm nicht entfliehen könnte, doch seine Betrügerei verursachte eine solche Todeskälte in ihr, daß keine Liebe sie ganz auftauen konnte.

Sie gingen durch die Stadt und kamen auf die benachbarte Ebene. Dort zogen sich mehrere Reihen dunkler Gräben und hoher, grüner Erdwälle hin, Überbleibsel aus der Zeit, als die Stadt noch befestigt war, und auf der Stelle, wo sich dies alles um ein Festungswerk schlang, sah sie ein paar altertümliche Gebäude mit großen, runden Türmen. Sie warf einen scheuen Blick dorthin, doch Börje wich nach den am Strande entlanglaufenden Wällen ab.

»Dies ist ein Richtweg«, sagte er, als sie sich über den schmalen Fußpfad zu wundern schien.

Er war nun ganz wortkarg geworden. Später begriff sie, daß er es nicht so schön gefunden, wie er es sich gedacht, sein Weib in die ärmste Hütte des Fischerdorfes zu führen. Es schien ihm nun nicht mehr so großartig, daß er eine Frau aus guter Familie heimführte. Er war in Angst, was sie tun würde, sobald sie die Wahrheit erführe.

»Börje«, sagte sie schließlich, nachdem sie eine lange Zeit den in scharfen Winkeln gebrochenen Strandwällen gefolgt waren, »wohin gehen wir?«

Er erhob da die Hand und deutete nach dem Fischerdorfe hin, wo seine Mutter in der Hütte auf dem Sandhügel wohnte. Sie aber glaubte, daß er auf eines der schönen Landgüter, die man am Rande der Ebene sah, zeigte, und ihr Gesicht erhellte sich wieder.

Sie stiegen jetzt auf die öden Gemeinweiden nieder, und da überfiel die Angst sie von neuem. Da, wo jede Erdscholle, wenn man nur Augen dafür hat, dem Blicke Schönheit und Abwechselung bietet, sah sie nur ein häßliches, sumpfiges Feld. Und der Wind, der dort beständig herrscht, fuhr ihnen pfeifend entgegen und flüsterte von Unglück und Verrat.

Börje beschleunigte seine Schritte immer mehr, und endlich kamen sie ans Ende der Weiden und standen vor dem Fischerdorf. Sie, die sich schließlich keine Frage mehr zu stellen gewagt hatte, faßte da wieder Mut. Hier war wieder eine einförmige Häuserreihe, und diese erkannte sie noch besser wieder als die in der Stadt. Vielleicht, vielleicht hatte er doch nicht gelogen.

Doch ihre Erwartungen waren so herabgestimmt, daß sie sich herzlich gefreut haben würde, wenn sie vor einer der kleinen sauberen Wohnungen, wo Blumen und weiße Gardinen hinter den klaren Scheiben glänzten, hätte Halt machen dürfen. Es tat ihr weh, an ihnen vorbeigehen zu müssen.

Da auf einmal erblickte sie hinten am äußersten Ende des Dorfes die elende Hütte, und es war ihr, als hätte ihr inneres Auge sie schon lange gesehen, ehe ihr Blick in Wirklichkeit darauf gefallen.

»Ist es hier?« fragte sie, am Fuße des kleinen Sandhügels stehen bleibend.

Er neigte unmerklich den Kopf und schritt weiter, auf die kleine Hütte zu.

»Warte!« rief sie ihm nach. »Wir müssen uns aussprechen, ehe ich dein Haus betrete. Du hast gelogen«, fuhr sie drohend fort, als er sich zu ihr wandte. »Du hast mich mehr betrogen, als wenn du mein ärgster Feind gewesen wärest. Weshalb hast du mir das getan?«

»Ich wollte dich zur Frau haben«, antwortete er mit leiser, unsicherer Stimme.

»Wenn du mich nur mit Maßen belogen hättest, mit Maßen! Weshalb machtest du alles so reich und großartig? Was wolltest du mit Bedienten, Ehrenpforten und all der anderen Pracht? Glaubtest du, ich trage solch Gelüste nach Geld? Sahst du nicht, daß ich dich lieb genug hatte, um dir überall hin zu folgen? Wie konntest du glauben, mir etwas vorlügen zu müssen! Wie konntest du es übers Herz bringen, bis zum letzten Momente bei deinen Lügen zu bleiben!« – »Willst du nicht hineinkommen und meine Mutter begrüßen?« fragte er hilflos.

»Ich gedenke nicht, dort hineinzugehen!«

»Willst du denn wieder nach Hause?«

»Wie sollte ich dorthin können? Wie könnte ich denen zu Hause den Kummer machen, wiederzukommen, da sie mich für reich und glücklich halten? Doch bei dir bleibe ich nicht. Wer arbeiten kann, findet stets sein Auskommen.«

»Bleib'!« bat er. »Ich tat es nur, um dich zu gewinnen.«

»Hättest du mir die Wahrheit gesagt, so wäre ich geblieben!«

»Wäre ich ein reicher Mann, der dir Armut vorgespiegelt, so würdest du schon bleiben.«

Sie zuckte die Achseln und wandte sich zum Gehen. Da öffnete sich die Tür der Hütte, und Börjes Mutter trat heraus. Sie war eine kleine, dürre Greisin mit wenigen Zähnen und vielen Runzeln, aber nicht so alt an Jahren und Gemüt, wie sie aussah.

Sie hatte wohl etwas gehört und etwas erraten, denn sie wußte, worüber sie stritten.

»So, so«, sagte sie, »dies ist also die feine Schwiegertochter, die du mir mitgebracht, Börje. Und du hast wieder die Unwahrheit gesagt, wie ich höre.« Doch Astrid streichelte sie freundlich die Wangen. »Komm nur herein zu mir, armes Kind. Ich denke mir, du wirst müde und erschöpft sein. Dies ist meine Hütte, mußt du wissen. Er darf nicht hinein. Du aber kommst nun mit mir. Du bist jetzt meine Tochter, und ich kann dich nicht unter fremde Leute gehen lassen, das mußt du selbst einsehen.«

Sie liebkoste die Schwiegertochter, hätschelte sie und zog und schob sie wie absichtslos nach der Tür zu. Schritt für Schritt lockte sie sie vorwärts, bis sie sie in der Stube hatte, Börje aber wurde wirklich ausgeschlossen. Und drinnen begann die Alte sie zu fragen, wer sie sei und wie alles zugegangen. Und sie weinte dabei und brachte Astrid ebenfalls zum Weinen. Entsetzlich streng war die Alte gegen ihren Sohn. Astrid tue recht, nicht bei ihm bleiben zu wollen. Es sei wahr, daß er stets lüge, wahr und gewiß.

Sie erzählte ihr, wie es ihr mit ihrem Sohn ergangen. Er sei so schön von Gesicht und Körper gewesen, schon als ganz kleines Kind, und sie habe sich immer darüber wundern müssen, daß er armer Leute Kind sei. Er habe einem kleinen verirrten Prinzen geglichen. Und später habe es stets so ausgesehen, als sei er nicht an seinem rechten Platze. Er sehe alles in vergrößertem Maßstabe. In allem, was ihn selbst angehe, habe er kein Augenmaß. Seine Mutter habe manch liebes Mal darüber geweint. Doch bisher habe er durch sein Lügen noch nie etwas Böses angerichtet. Hier, wo er bekannt sei, werde er nur ausgelacht. – Doch nun sei er wohl so schrecklich in Versuchung geführt worden .... Ob Astrid es nicht auch für merkwürdig halte, daß der Fischerjunge sie so habe anführen können? Er habe stets so gut mit seinen Dingen Bescheid gewußt, als sei es ihm angeboren. Er sei eben verkehrt auf die Welt gekommen. Ein weiterer Beweis dafür sei es auch, daß er nie daran gedacht, seine Frau aus seinem eigenen Stande zu wählen.

Die Alte redete unaufhörlich. Astrid schwieg und dachte nach. »Sieh«, sagte die Greisin unter anderem, »mir kann es ja nie gelingen, ihm den Hochmut und die Prahlsucht auszutreiben, doch eine, die klüger ist als ich, würde es vielleicht können. Und wohl wäre es der Mühe wert, denn er ist tüchtig, mein Junge, und gut. Doch morgen sollst du gehen. Das soll geschehen.«

»Wo schläft er heute nacht«, fragte Astrid plötzlich.

»Ich glaube, er liegt draußen im Sande. Er hat gewiß keine Ruhe, weiterzugehen.«

»Es ist wohl das beste, daß er hereinkommt«, sagte Astrid.

»Liebstes Kind, du kannst ihn ja nicht sehen wollen. Er wird sich's draußen schon bequem machen, wenn ich ihm nur eine Decke gebe.«

Sie ließ ihn wirklich die Nacht draußen im Sande schlafen und schickte ihn früh am nächsten Tage nach der Stadt, weil sie es für besser hielt, daß Astrid ihn nicht sähe. Und mit ihr redete sie unaufhörlich und hielt sie fest, nicht mit Zwang, nein mit Klugheit, nicht mit List, sondern mit wirklicher Güte. Doch als sie es endlich dahin gebracht hatte, daß die Schwiegertochter blieb und ihrem Sohne bewahrt worden war, als sie das junge Paar miteinander versöhnt und Astrid einsehen gelehrt hatte, daß es gerade die Aufgabe ihres Lebens sei, Börje Nilssons Weib zu sein und ihn so gut zu machen, wie sie nur könnte, – und dies war nicht die Arbeit einer Abendstunde, sondern vieler Tage gewesen – da hatte die Alte sich zum Sterben niedergelegt.

Und sieh, dieses Leben voll treuer Fürsorge für den Sohn hatte einen Zweck gehabt, meinte Börje Nilssons Frau.

Doch ihr eigenes Leben erschien ihr zwecklos. Nach wenigen Jahren ihrer Ehe ertrank ihr Mann, und ihr einziges Kind starb früh. Sie hatte bei ihrem Gatten keine Veränderung bewirken können. Ernst und Wahrheitsliebe war ihm nicht beizubringen gewesen. Eher hatte sich bei ihr eine Veränderung gezeigt, in dem Maße, wie sie mit den Fischerleuten eins geworden war. Sie wollte keinen der Ihrigen sehen, denn sie schämte sich, daß sie nun in allem einer Fischerfrau glich. Wenn dies alles nur zu etwas gedient hätte! Wenn sie, die sich mit dem Ausbessern von Netzen erhielt, doch wüßte, weshalb sie eigentlich lebte! Wenn sie einen glücklich oder besser gemacht hätte!

Nie kam ihr der Gedanke, daß derjenige, welcher sein Leben für verfehlt hält, weil er anderen nichts Gutes getan, durch diese Denkart voll Demut vielleicht seine Seele gerettet hat.

Das Bild der Mutter

In einem der hundert Häuser des Fischerdorfes, die einander alle an Form und Größe gleichen, alle dieselbe Anzahl Fenster und gleich hohe Schornsteine haben, wohnte der alte Lotse Mattsson.

Alle Stuben sind im Fischerdorfe gleich möbliert, auf allen Fensterbrettern stehen dieselben Blumen, in allen Eckschränken findet man Muscheln und Korallen, und an allen Wänden hängen gleiche Bilder. Und alle Menschen leben im Fischerdorfe nach althergebrachter Sitte dasselbe Leben.

Seit Mattsson, der Lotse, alt geworden, richtete er sich streng nach Brauch und Sitte; sein Haus, seine Stuben und sein Wandel glichen dem aller andern.

An der Wand über dem Bette hatte der alte Mattsson ein Bild seiner Mutter hängen.

Eines Nachts träumte er, daß dieses Bild aus seinem Rahmen trete, sich vor ihn hinstelle und mit lauter Stimme sage:

»Du mußt heiraten, Mattsson!« Der alte Mattsson begann da dem Bilde seiner Mutter sogleich auseinanderzusetzen, daß dies unmöglich sei. Er sei ja siebzig Jahre alt. –

Doch das mütterliche Bild wiederholte mit nur noch größerem Nachdruck:

»Du mußt heiraten, Mattsson!«

Der alte Mattsson hatte vor dem Bilde seiner Mutter großen Respekt. Es war in vielen streitigen Fällen sein Ratgeber gewesen, und er hatte sich stets gut dabei gestanden, wenn er ihm gefolgt war. Doch diesmal konnte er sich seine Handlungsweise nicht recht erklären. Es schien ihm, als handle das Bild vollständig im Widerstreite mit früher ausgesprochenen Ansichten. Obgleich er träumte, erinnerte er sich doch klar und deutlich, wie es gewesen war, als er sich zum ersten Male hatte verheiraten wollen. Gerade als er sich zur Trauung anzog, war der Nagel, an dem das Bild hing, mit demselben zu Boden gefallen. Er hatte da gesehen, daß das Bild ihn vor dieser Heirat warnen wollte, hatte sich aber nicht daran gekehrt. Bald genug erkannte er jedoch, daß das Bild recht gehabt hatte. Seine kurze Ehe war sehr unglücklich gewesen.

Als er sich zum zweitenmal zur Trauung ankleidete, war es ebenso gegangen. Das Bild war wieder von der Wand gefallen, und diesmal hatte er es nicht gewagt, ihm ungehorsam zu sein. Er machte sich, trotz Braut und Hochzeit, aus dem Staube, verheuerte sich als Matrose und fuhr mehrere Male um die Erde, ehe er sich zu Hause wieder sehen zu lassen getraute. – Und nun stieg dieses Bild von der Wand nieder und befahl ihm, sich zu verheiraten! Wie gut und gehorsam er auch war, konnte er sich doch des Gedankens nicht erwehren, daß es ihn zum besten habe.

Doch das mütterliche Bild, das die strengsten Züge, die scharfe Winde und salziger Meeresschaum ausmeißeln können, wiedergab, stand ebenso ernsthaft wie vorher vor ihm. Und seine Stimme, die sich bei jahrelangem Ausbieten von Fischen auf dem Markte der Stadt geübt und gestärkt hatte, wiederholte:

»Du mußt heiraten, Mattsson!«

Der alte Mattsson bat da das Bild, doch daran zu denken, in welchem Kreise er lebe.

Alle hundert Häuser des Fischerdorfes hatten ein spitzes Dach und weißgetünchte Wände, alle Boote des Fischerdorfes hatten dieselbe Bauart und gleiches Takelwerk. Keiner pflegte dort etwas Ungewöhnliches zu tun. Die Mutter wäre die erste gewesen, sich dieser Heirat zu widersetzen, wenn sie noch lebte. Sie hatte ja stets strenge auf Brauch und Ordnung gehalten. Und es war in diesem Fischerdorfe weder Brauch, noch galt es für schicklich, daß siebzigjährige Greise sich verheirateten.

Da streckte das Bild seine beringte Hand aus und befahl ihm geradezu zu gehorchen. Mutter hatte stets einen so unbegreiflich ehrfurchtgebietenden Eindruck auf ihn gemacht, wenn sie so in schwarzem Taffet mit vielen Garnierungen gekommen war. Die große, blitzende Goldbrosche und die schwere, klappernde Goldkette hatten ihn stets erschreckt. Wäre sie in ihren Marktkleidern mit dem gewürfelten Kopftuche und der mit Fischaugen und Fischschuppen bedeckten Wachstuchschürze gekommen, hätte er nicht so großen Respekt vor ihr gehabt.

Das Ende vom Liede war nun, daß er versprach, sich zu verheiraten. Und da kroch das Bild wieder in seinen Rahmen.

Am nächsten Morgen erwachte der alte Mattsson in großer Angst. Es fiel ihm nicht ein, dem Bilde seiner Mutter ungehorsam zu sein. Es wußte natürlich, was für ihn am besten war. Aber er schauderte doch vor der Zeit, die nun kommen sollte.

Am selben Tage hielt er um die häßlichste Tochter des ärmsten Fischers an, eine Kleine, deren Kopf tief zwischen den Schultern steckte und die einen vorstehenden Unterkiefer hatte.

Die Eltern sagten ja, und man bestimmte den Tag, an dem das Brautpaar zur Stadt gehen und das Aufgebot bestellen sollte.

Über windige Strandwiesen und morastige Gemeinweiden geht der Weg vom Fischerdorfe nach der Stadt. Er ist eine Viertelmeile lang, und das Gerede geht, die Bewohner des Fischerdorfes seien reich genug, um ihn mit blankem Silbergeld pflastern lassen zu können. Einen eigentümlichen Reiz würde dies dem Wege verleihen. Glänzend wie ein Fischbauch würde er sich mit seinen weißen Schuppen zwischen Riedgras und Pfützen, in denen es von Stichlingen und melancholischen grünen Jägerfröschen wimmelt, hindurchschlängeln. Die diesen menschenleeren Boden schmückenden Gänseblümchen und Mandelblumen würden sich in den blanken Silbermünzen spiegeln, die Disteln schützend ihre Stacheln über sie ausbreiten, und der Wind einen klingenden Resonanzboden finden, wenn er auf den Binsen und Telephondrähten der Gemeinweide spielt.

Der alte Mattsson hätte vielleicht auch einen Trost gehabt, wenn er seine schweren Seestiefel auf klingendes Silber hätte setzen können, denn es ist gewiß, daß er diesen Weg nun eine Zeitlang öfter gehen mußte, als er es selbst gewünscht hätte.

Seine Papiere waren nicht in Ordnung gewesen. Aus dem Aufgebot hatte nichts werden können. Dies kam daher, daß er seiner Braut das vorige Mal entlaufen war.

Es verging einige Zeit darüber, daß der Pastor seinetwegen an das Konsistorium schrieb und für ihn die Erlaubnis, eine neue Ehe zu schließen, auszuwirken suchte.

Während dieser Wartezeit ging der alte Mattsson an jedem Expeditionstage in die Stadt. In der Pastorsexpedition setzte er sich bei der Tür hin und wartete dort still und geduldig, bis alle ihr Anliegen angebracht hatten. Dann erhob er sich und fragte, ob der Pastor etwas für ihn habe.

Nein, es sei nichts da.

Der Pastor wunderte sich über die Macht, welche die alles bezwingende Liebe über diesen alten Mann erlangt hatte. Dort saß er in seiner dicken Trikotjacke, den hohen Seestiefeln und dem vom Winde mitgenommenen Südwester, mit seinem scharfen, klugen Gesichte und dem langen, grauen Haare und wartete auf die Erlaubnis zum Heiraten. Dem Pastor schien es seltsam, daß den greisen Fischer ein so ungestümes Sehnen hatte ergreifen können.

»Ihr scheint es sehr eilig mit der Hochzeit zu haben, Mattsson«, sagte der Pastor.

»Oh ja, es ist das beste, daß es bald geschieht.«

»Könntet Ihr Euch die Sache nicht ebensogut aus dem Sinn schlagen? Ihr seid nicht mehr jung, Mattsson.«

Der Pastor solle sich nicht zu sehr darüber wundern. Er wisse recht gut, daß er zu alt sei, aber er sei gezwungen, sich zu verheiraten. Es gehe nun einmal nicht anders.

Und so kam er ein halbes Jahr lang allwöchentlich wieder, bis die Erlaubnis endlich kam. Während der ganzen Zeit war der alte Mattsson ein gehetzter Mann. Rund um den grünen Trockenplatz, wo die braunen Netze aufgehängt waren, an den mit Zement abgeputzten Hafenmauern entlang, an den Fischtischen auf dem Markte, wo Dorsch und Krabben verkauft wurden, und weit draußen im Sunde, wo man den Heringszug verfolgte, brauste ein Sturm von Erstaunen und Spott.

»Mattsson, der vor seiner eigenen Hochzeit fortlief, will sich verheiraten!«

Und man verschonte weder die Braut noch den Bräutigam.

Doch das allerschlimmste für ihn war, daß niemand mehr über die ganze Sache lachen konnte als er selbst. Keiner konnte sie lächerlicher finden.

Das Bild der Mutter brachte ihn beinahe zur Verzweiflung.

Es war am Tage des ersten Aufgebotes. Der alte Mattsson, noch immer ein von Spottregen und der allgemeinen Verwunderung gehetzter Mann, ging am Nachmittage auf die Mole bis an den weiß abgeputzten Leuchtturm, um allein zu sein. Dort traf er seine Braut. Sie saß und weinte.

Da fragte er sie, ob sie lieber einen andern hätte haben wollen. Sie kratzte kleine Kalkstücke von der Leuchtturmwand ab und warf sie ins Wasser.

Anfangs antwortete sie nicht.

»Magst du einen andern leiden?«

»O nein, durchaus nicht.«

Draußen am Leuchtturme ist es schön. Das klare Wasser des Sundes umspielt ihn. Der flache Strand, die kleinen regelmäßigen Häuser des Fischerdorfes und die Stadt in der Ferne, alles überstrahlt das Meer mit seiner ewigen Schönheit. Aus dem feinen Nebel, der gewöhnlich im Westen den Horizont verhüllt, eilt hier und da ein Fischerboot hervor. Mit kühnem Kreuzen steuert es auf den Hafen zu. Das Wasser rauscht munter um den Vordersteven, wenn es in die enge Hafeneinfahrt einläuft. Im selben Augenblick werden die Segel leise eingezogen. Die Fischer schwingen fröhlich grüßend die Mützen, und unten im Boote liegt glitzernd die gewonnene Beute.

Während der alte Mattsson draußen am Leuchtturme stand, fuhr ein Boot in den Hafen ein. Ein junger Mann, der am Steuer saß, lüftete den Hut und nickte dem Mädchen zu. Der Alte sah ihre Augen aufleuchten.

»Ei, ei«, dachte er, »du hast dich in den stattlichsten Burschen des ganzen Dorfes verliebt. Ja, den bekommst du nie im Leben. Da kannst du mich ebensogut nehmen, wie auf den zu warten.« Er merkte, daß er dem Bilde der Mutter nicht entgehen konnte. Hätte das Mädchen einen geliebt, den sie dem Anschein nach hätte bekommen können, so hätte er eine passende Veranlassung gehabt, zurückzutreten. Doch nun nützte es nichts, sie freizugeben.

Vierzehn Tage später war die Hochzeit, und ein paar Tage darauf kam der große Novembersturm.

Eines der Boote des Fischerdorfes geriet da ins Treiben den Sund hinab. Steuer und Maste waren fort, und das Boot ließ sich nicht lenken.

Der alte Mattsson und fünf andere waren an Bord und trieben zwei Tage lang ohne Nahrung umher. Als sie geborgen wurden, waren sie vor Kälte und Mattigkeit ganz erschöpft. Das ganze Boot war mit einer Eiskruste bedeckt, und ihre nassen Kleider in der scharfen Kälte steif gefroren. Der alte Mattsson hatte sich dabei so erkältet, daß er nie wieder gesund wurde. Er lag zwei Jahre krank, und dann erlöste ihn der Tod.

Mancher hielt es für ein eigentümliches Zusammentreffen, daß er kurz vor dem Unglücksfalle auf die Idee gekommen war, sich zu verheiraten, denn die kleine Frau wurde ihm eine gute Pflegerin. Wie wäre es ihm ergangen, wenn er so hilflos liegen geblieben wäre, ohne einen Menschen um sich zu haben? Das ganze Dorf gab nun zu, daß er nie klüger gehandelt, als da er sich verheiratete, und die kleine Frau stand in großem Ansehen wegen der Fürsorge, mit der sie ihren Mann pflegte.

»Sie bekommt leicht einen zweiten Mann«, hieß es.

Während der alte Mattsson krank lag, erzählte er seiner Frau jeden Tag die Geschichte von dem Bilde.

»Wenn ich tot bin, sollst du es haben, wie alles, was ich sonst besitze.«

»Rede nicht von solchen Dingen.«

»Und wenn die jungen Burschen um dich werben, sollst du auf Mutters Bild acht geben. Es gibt wahrhaftig im ganzen Dorfe keinen, der sich besser auf Heiratsangelegenheiten versteht als das Bild.«

Ein entthronter König

»Mein war das Reich der Phantasie, jetzt bin ich ein entthronter König.«

Snoilsky.

Es schallte auf dem Straßenpflaster, Holzpantoffeln klapperten in unruhigem Takte. Die Gassenbuben eilten vorbei. Sie klapperten, sie pfiffen. Es ging im Eilmarsche vorwärts. Die Häuser bebten, und aus den engen Gäßchen kam das Echo so schnell hervor wie ein Kettenhund aus seiner Hütte.

Hinter den Fensterscheiben tauchten Gesichter auf. Was mochte geschehen sein? Was gab es nur? Der Lärm zog sich nach der Vorstadt hin. Dorthin eilten die Dienstmädchen, den Gassenbuben folgend. Sie schlugen die Hände zusammen und schrien: »O je, o je! Gibt es einen Mord, ist irgendwo Feuer?« Niemand antwortete. Das Klappern ertönte ganz in der Ferne.

Nach den Mägden kamen die weisen Matronen der Stadt herbeigeeilt. Sie fragten: »Was ist denn los? Wer stört die Vormittagsstille? Gibt es eine Trauung? Findet eine Beerdigung statt? Ist Feuer? Was tut der Turmwächter? Soll die Stadt abbrennen, ehe er zu läuten anfängt?«

Der ganze Haufe machte vor dem kleinen Schusterhause in der Vorstadt Halt, jenem Häuschen, dessen Fenster und Türen Wein umrankte und das nach der Straße hin einen meterbreiten Vorgarten hatte. Mit einer Laube von Stroh, Buschwerk für eine Ratte und Steigen für ein Kätzchen. Alles aufs beste eingerichtet! Erbsen und Bohnen, Rosen und Lavendel, ein Maul voll Gras, drei Stachelbeerbüsche und ein Apfelbaum.

Die am nächsten stehenden Gassenbuben guckten und ratschlagten. Die blanken Fensterscheiben, die unten von schwarzem Glase waren, ließen den Blick nicht weiter als bis zu den weißen Zwirngardinen vordringen. Einer der Knaben hielt sich am Weine fest und drückte das Gesicht gegen die Scheibe. »Was siehst du?« flüsterten die andern. »Was siehst du?« Die Schusterwerkstatt und die Schusterbank, Wichsekruken und Lederbunde, Leisten und Zwecken, Ringe und Riemen. »Siehst du keinen Menschen?« Doch, er sieht den Gesellen, der an einem Stiefelab-satze arbeitet. »Weiter keinen, weiter keinen?« Große schwarze Fliegen laufen über die Scheibe und trüben ihm den Blick. »Siehst du sonst niemand als den Gesellen?« Weiter keinen. Der Schemel des Meisters steht leer. Er sah ein-, zwei-, dreimal nach, der Schemel des Meisters stand leer.

Die Menge stand still, tauschte Vermutungen aus und wunderte sich. Es war also doch wahr. Der alte Meister war durchgebrannt. Keiner wollte es recht glauben. Man wartete auf Bestätigungszeichen. Die Katze erschien auf dem steilen Dache. Sie streckte ihre Krallen heraus und glitt nach der Dachrinne hinunter. Ja, der Hausherr war fort, die Katze hatte freie Jagd. Die vollständig hilflosen Sperlinge flatterten und schrien.

Ein weißes Küken guckte um die Hausecke. Es war beinahe ausge-wachsen. Der Kamm leuchtete so rot wie das Laub des wilden Weins. Es guckte spähend umher, krähte und rief. Die Hühner kamen, eine Reihe weißer Hühner in vollem Galopp, sich wiegend, flatternd und die gelben Füße wie Trommelschlägel bewegend. Die Hühner liefen zwischen die Erbsensträucher. Es gab Zank. Neid entstand. Ein Huhn floh mit einer vollen Erbsenhülse. Zwei Hähne hackten es in den Nacken. Die Katze gab das Visitieren der Sperlingsnester auf, um zuzusehen. Die Hühner liefen in einer langen, wiegenden Reihe fort. Die Menge dachte: »Es wird schon wahr sein, daß der Schuster durchgebrannt ist. Man sieht es der Katze und den Hühnern an, daß der Hausherr fort ist.«

Die unebene, vom Herbstregen schlüpfrige Vorstadtstraße hallte von Stimmen wider. Die Torwege standen offen, die Fensterflügel drehten sich. Die Köpfe wurden in vielsagendem Geflüster zusammengesteckt. »Er ist durchgebrannt.« Menschen flüsterten, Spatzen zwitscherten, Holzpantoffel klapperten: »Er ist durchgebrannt. Der alte Schuster ist durchgebrannt. Der Besitzer des Häuschens, der Gatte der jungen Frau, der Vater des hübschen Kindes ist durchgebrannt. Wer versteht dies? Wer versteht dies?«

So lautet ein Lied: »Alter Mann im Hause, junger Liebhaber im Walde; Frau entflieht, Kinder weinen; Heim ohne Hausmutter.« Das Lied ist alt. Es ist oft gesungen worden. Alle verstehen es.

Dies war ein neues Lied. Der Alte war gegangen. Auf dem Werkstatttische lag seine Erklärung, daß er nie wiederzukommen gedenke. Daneben hatte auch ein Brief gelegen. Die junge Frau hatte ihn gelesen, aber weiter keiner.

Die junge Frau befand sich in der Küche. Sie tat nichts. Die Nachbarin ging hin und her, ordnete geschäftig das Geschirr, stellte Kaffeetassen hin, schnitt Hausenblase zum Klären des Kaffees zurecht, weinte zwischendurch ein bißchen und trocknete sich die Tränen mit dem Schüsseltuche ab.

Die weisen Frauen des Stadtviertels saßen steif an den Wänden umher. Sie wußten, was sich in einem Trauerhause schickt. Sie hielten das Schweigen, hielten die Trauer aufrecht. Sie machten sich einen freien Tag, um der Verlassenen in ihrem Kummer beizustehen. Grobe Arbeitshände ruhten im Schoße, verwitterte Gesichtshaut legte sich in tiefe Falten, dünne Lippen wurden über zahnlosen Kinnbacken zusammengekniffen.

Die hellblonde Hausfrau saß mit ihrem lieblichen Taubengesichte unter den Bronzefarbenen. Sie weinte nicht, aber sie zitterte. Ihr war so bange, daß die Furcht sie beinahe tötete. Sie biß die Zähne zusammen, damit niemand ihr Klappern höre. Wenn Schritte ertönten, wenn jemand anklopfte oder wenn sie angeredet wurde, fuhr sie zusammen.

Sie hatte den Brief ihres Mannes in der Tasche. Sie dachte bald an diesen, bald an jenen Satz daraus. Dort stand: »Ich ertrage es nicht länger, Euch beide zusammenzusehen.« Und an einer anderen Stelle: »Ich habe jetzt Gewißheit erlangt, daß Du mit Erikson fortlaufen willst.« Und wieder: »Das sollst Du nicht tun, denn die bösen Reden der Leute würden Dich unglücklich machen. Ich werde fortgehen, damit Du Dich scheiden lassen und, wie es sich gehört, wieder heiraten kannst. Erikson ist ein tüchtiger Arbeiter und kann Dich gut versorgen.« Und weiter unten: »Über mich laß die Leute sagen, was sie wollen. Mir ist es recht, wenn sie nur Dir nichts Böses zutrauen, denn Du könntest es nicht ertragen.«

Sie verstand dies nicht. Sie hatte nicht die Absicht gehabt, ihn zu betrügen. Wenn sie sich auch gern mit dem jungen Gesellen unterhielt, schädigte das ihren Mann? Liebe ist eine Krankheit, aber keine tödliche.

Sie hatte dies das Leben hindurch geduldig tragen wollen. Wie hatte ihr Mann nur ihre geheimsten Gedanken erraten?

Wie der Gedanke an ihn sie quälte! Er mußte sie voll Seelenangst beobachtet haben. Er hatte über sein Alter geweint. Er war über die Kräfte und den Mut des jungen Mannes wütend gewesen. Er hatte bei jedem geflüsterten Worte, jedem Lächeln und jedem Händedrucke gezittert. In glühendem Wahnsinne, in zähneknirschender Eifersucht hatte er das, was noch nichts war, zu einer ganzen Entführungsgeschichte gemacht.

Sie dachte daran, wie alt er heute nacht, als er fortging, gewesen sein müsse. Sein Rücken war gebeugt, seine Hände bebten. Die Qual langer Nächte hatte ihn so gemacht. Er war gegangen, um dieses Leben aufregenden Zweifels nicht länger führen zu brauchen.

Sie erinnerte sich andrer Sätze aus dem Briefe: »Ich will Dich nicht der Schande aussetzen. Ich bin stets zu alt für Dich gewesen.« Und dann eines andern: »Du wirst stets geachtet und geehrt bleiben. Schweig' nur selber, so fällt alle Schande auf mich.«

Die Frau empfand immer größere Angst. War es möglich, daß Menschen sich so täuschen ließen? Ging es an, auch Gott so zu belügen? Warum saß sie hier, bedauert wie eine trauernde Mutter, geehrt wie eine Braut am Hochzeitstage? Warum war sie nicht die Heimlose, Freundlose und Verachtete? Wie kann dergleichen geschehen? Wie kann Gott sich so betrügen lassen?

Über dem großen Sekretär hing eine kleine Bücherborte. Zuoberst auf der Borte stand ein großes Buch mit Messingspangen. Das Buch enthielt die Geschichte eines Mannes und seines Weibes, die Gott und Menschen belogen. »Warum seid ihr denn eins geworden, zu versuchen den Geist des Herrn? Siehe, die Füße derer, die deinen Mann begraben haben, sind vor der Tür und werden dich hinaustragen.«

Das Buch anstarrend, horchte die Frau auf die Füße der jungen Männer. Sie zitterte bei jedem Klopfen, schauderte bei jedem Schritte. Sie war bereit, aufzustehen und zu bekennen, bereit, niederzufallen und zu sterben.

Der Kaffee war fertig. Mit leisen Schritten begaben sich die Frauen sittsam an den Tisch. Sie schenkten sich ein, nahmen ein Zuckerstück in den Mund und begannen, anstandsvoll schweigend, den brühheißen Kaffee zu schlürfen, die Handwerkerfrauen zuerst, die Aufwärterinnen zuletzt. Die Hausfrau aber sah nicht, was vor sich ging. Sie war vor Angst ganz außer sich. Sie hatte eine Halluzination. Sie saß draußen auf einem frischgepflügten Felde. Ringsumher saßen große Vögel mit starken Flügeln und spitzen Schnäbeln. Sie waren grau und hoben sich kaum gegen den grauen Boden ab, doch sie sah sie und wußte, daß sie von ihnen bewacht wurde. Sie hielten Gericht über sie. Auf einmal flogen sie auf und senkten sich auf ihr Haupt herab. Sie sah ihre scharfen Krallen, ihre spitzen Schnäbel und ihre die Luft peitschenden Flügel immer näher kommen. Sie mußte an einen tötenden Stahlregen denken. Sie zog den Kopf zwischen die Schultern und fühlte, daß sie sterben müsse. Doch als sie dicht, ganz dicht an sie herangekommen waren, mußte sie aufblicken. Da sah sie, daß die grauen Vögel nur alle diese alten Weiber gewesen waren.

Eine von ihnen begann zu reden. Sie wußte, was anständig war, was sich in einem Trauerhause schickte. Man hatte jetzt lange genug geschwiegen. Die Hausfrau aber fuhr in die Höhe, als habe sie ein Peitschenhieb getroffen. Was beabsichtigte die Frau zu sagen? »Du, Matthias Wiks Gattin, Anna Wik, gestehe! Du hast Gott und uns lange genug belogen. Wir sind deine Richter. Wir werden dir das Urteil sprechen und dich zerreißen.«

Nein, die Frau begann von den Männern im allgemeinen zu reden. Und die anderen stimmten ein, wie es gerade paßte. Das Lob der Männer wurde nicht gesungen. Alles Böse, was Männer je getan, wurde herausgesucht. Das war tröstender Balsam für eine verlassene Gattin.

Unrecht häufte sich auf Kränkung. Seltsame Geschöpfe diese Männer! Sie schlagen uns, sie vertrinken unser Geld. Sie verpfänden unsre Sachen. Warum in aller Welt hat unser Herrgott sie nur geschaffen?

Die Zungen glichen Drachenzungen, sie geiferten und spuckten Feuer und Fett. Alle gaben ihren Senf dazu. Eine Erzählung jagte die andre. Die Frau flüchtete vor ihrem berauschten Gatten aus dem Hause. Frauen arbeiteten sich für ihre Trunkenbolde von Männern ab. Frauen wurden andrer Weiber wegen verlassen. Die Zungen pfiffen wie Peitschenschnüre. Alles häusliche Elend wurde aufgedeckt. Man betete lange

Litaneien. »Vor der Tyrannei der Männer bewahre uns, o gütiger Herre Gott!«

Armut und Krankheit, Sterben von Kindern, Frieren im Winter, Last mit den Alten, an allem ist der Mann schuld. Die Sklaven zischten wie Schlangen ihre Herren an. Sie richteten ihren Stachel gegen den, vor dessen Füßen sie krochen.

Die Frau des Entflohenen fühlte, wie es ihr in den Ohren stach und wehtat. Sie wagte, die Unverbesserlichen zu entschuldigen. »Mein Mann«, sagte sie, »ist gut.« Die Frauen brausten wutschnaubend auf. »Er ist durchgebrannt. Er ist auch nicht besser als die anderen. Er, der ein alter Kerl ist, hätte Frau und Kind nicht sitzen lassen dürfen. Kannst du ihn wirklich für besser halten als die andern?«

Die Frau bebte, sie hatte das Gefühl, durch ein stechendes Dornendickicht geschleppt zu werden. Ihr Mann zu den Sündern gezählt! Sie wurde glühend rot und wollte sprechen, schwieg aber. Sie war bange. Sie konnte es nicht. Doch warum schwieg Gott? Warum ließ Gott dergleichen geschehen?

Wenn sie nun den Brief hervorzöge und ihn laut vorläse? Dann würde der Giftstrom sich wenden. Der Geifer würde sie bespritzen. Todesangst befiel sie. Sie hatte keinen Mut. Halb wünschte sie, daß eine dreiste Hand in ihre Tasche führe und den Brief herausholte.

Sich selbst preiszugeben, war sie nicht imstande. Drinnen von der Werkstatt her hörte man einen Schusterhammer. Hörte denn niemand, wie siegesfroh er klopfte? Den ganzen Tag hatte sie das Klopfen gehört und sich darüber geärgert. Doch keine der Frauen verstand es. Allwissender Gott, hättest du keinen Diener, der Herzen durchschaut? Sie wollte ihr Urteil gern hinnehmen, wenn sie nur nicht gestehen brauchte. Sie wollte jemand sagen hören: »Wer hat dir eingegeben, Gott zu belügen?« Sie horchte auf die Fußtritte der jungen Männer, um tot niederzufallen.

Mehrere Jahre danach verheiratete sich eine geschiedene Frau mit einem Schuhmacher, der bei ihrem Manne Geselle gewesen war. Sie hatte es nicht gewollt, war aber dazu gebracht worden, wie der an der Angelschnur sitzende Hecht nach dem Bootrande hingezogen wird. Der Fischer läßt ihn spielen. Er läßt ihn hin- und herschießen. Er läßt ihn glauben, daß er noch frei sei. Doch sowie die Kraft des Fisches erschöpft ist und er nicht mehr kann, zieht er ihn mit einem leichten Ruck nach dem Boote hin, holt ihn aus dem Wasser und wirft ihn ins Boot, ehe der Hecht noch weiß, um was es sich handelt.

Die Frau des durchgebrannten Schusters hatte ihren Gesellen entlassen und allein leben wollen. Sie hatte ihrem Manne zeigen wollen, daß sie unschuldig war. Doch wo war der Mann? Ließ ihn ihre Treue nicht gleichgültig? Sie litt Not. Ihr Kind ging in Lumpen. Wie lange glaubte der Mann, daß sie warten könnte? Sie fühlte sich unglücklich, da sie keinen hatte, der ihr zur Seite stand.

Erikson hatte Erfolg. Er besaß einen Laden drinnen in der Stadt. Sein Schuhzeug stand auf Spiegelglasborten hinter breiten Fenstern. Seine Werkstatt wurde immer voller. Er mietete sich eine Wohnung und ließ die Möbel der guten Stube mit Tripsamt beziehen. Alles wartete nur auf sie. Als die Armut sie gar zu mürbe gemacht hatte, kam sie.

Anfangs war ihr sehr bange zumute. Doch es traf sie kein Unglück. Sie fühlte sich mit jedem Tage sicherer und glücklicher. Sie hatte die Achtung der Leute und wußte, daß sie sie nicht verdiente. Dies hielt ihr Gewissen wach, so daß sie eine gute Frau wurde.

Ihr erster Mann kehrte nach einigen Jahren wieder in sein Haus in der Vorstadt zurück. Es gehörte ja ihm, und er ließ sich von neuem dort nieder und wollte anfangen zu arbeiten. Aber es fanden sich keine Kunden, und ebensowenig wollten anständige Leute mit ihm verkehren. Er wurde verachtet, während seine Gattin in großem Ansehen stand. Und doch hatte er recht und sie unrecht gehandelt.

Der Mann bewahrte sein Geheimnis, aber es erstickte ihn beinahe. Er fühlte, wie er sank, weil alle ihn für einen schlechten Keil hielten. Keiner hielt ihn für zuverlässig, niemand wollte ihm Arbeit anvertrauen. Er nahm mit dem Verkehr, den er finden konnte, vorlieb und begann zu trinken.

Als er so heruntergekommen war, kam die Heilsarmee in die Stadt. Sie mietete einen großen Saal und begann ihre Tätigkeit. Schon vom ersten Abend an fand sich alles Gesindel zu den Vorstellungen ein, um Unfug zu treiben. Als dies ungefähr eine Woche so fortgegangen war, fiel es Matthias Wik ein, sich an dem Spaße zu beteiligen.

Dort war Gedränge auf der Straße, Stockung in der Tür. Dort gab es kräftige Ellenbogen und scharfe Zungen; Gassenbuben und Soldaten, Mägde und Scheuerfrauen; friedliche Polizei und stürmischer Pöbel. Die Armee war neu und modern. Die Tanzvergnügen verblichen, die Wirtshäuser verschmachteten. Feine Herren und Strolche, alles besuchte die Heilsarmee. Der Saal war niedrig. Ganz hinten befand sich ein leeres Podium. Ungestrichene Bänke, geliehene Stühle. Abgesplitterte Dielen, Feuchtigkeitsflecke an der Decke und übelriechende Lampen. Der mitten im Saale stehende eiserne Ofen strömte Hitze und Kohlendunst aus. Dem Podium zunächst saßen Frauen, anständig wie in der Kirche, feierlich wie bei einer Trauung und hinter ihnen zweifelhaft aussehende Mannspersonen und Näherinnen. Ganz hinten saßen die jungen Burschen, ein Gassenbube hatte den andren auf dem Schoße. Und in der Tür prügelten sich die, welche nicht hineinkamen.

Das Podium war leer. Die Uhr hatte noch nicht geschlagen und die Vorstellung noch nicht angefangen. Einer pfiff, der andre lachte. Bänke wurden entzweigestoßen. Der »Streitruf« flog wie ein Drache zwischen den Gruppen hin und her. Das Publikum amüsierte sich auf eigene Hand.

Die Seitentür öffnete sich. Kalte Luft strömte in den Saal. Das Feuer im Ofen loderte auf. Es wurde still. Aufmerksame Erwartung herrschte im Saale. Endlich erschienen sie, drei junge Mädchen mit Gitarren und breitrandigen Hüten, welche die Gesichter beinahe verdeckten. Sie fielen auf die Knie, sowie sie die Stufen des Podiums erstiegen hatten.

Eine von ihnen betete laut. Sie erhob den Kopf, schloß aber die Augen. Ihre Stimme war messerscharf. Während des Gebetes war es still. Gassenbuben und Strolche waren noch nicht in Zug gekommen. Sie warteten auf die Bekenntnisse und die anfeuernden Melodien.

Die jungen Mädchen »arbeiteten« angestrengt. Sie sangen und beteten, sangen und predigten. Sie sprachen lächelnd von ihrem Glücke. Vor sich hatten sie ein Parterre von Strolchen. Diese begannen, sich zu erheben und auf die Bänke zu steigen. Drohender Lärm wurde unter den Scharen hörbar. Die Mädchen auf dem Podium sahen hin und wieder schreckliche Gesichter durch die dunsttrübe Luft schimmern. Die Männer hatten nasse, schmutzige Kleider, die übel rochen. Alle zwei

Minuten spien sie Tabaksjauche aus und fluchten bei jedem Worte. Und diese Mädchen, die mit ihnen kämpfen sollten, redeten von ihrem Glücke.

Wie war diese kleine Armee tapfer! Ach, ist es nicht schön, tapfer zu sein! Ist es nicht etwas Stolzes, Gott auf seiner Seite zu haben! Es nützte nichts, die Mädchen mit den großen Hüten auszulachen. Es war mehr als wahrscheinlich, daß sie die schwieligen Hände, die grausamen Gesichter und die fluchenden Lippen besiegen würden.

»Singt mit!« riefen die Soldaten der Heilsarmee. »Singt mit! Es ist gut, zu singen.« Sie stimmten eine bekannte Melodie an. Sie ließen die Gitarren ertönen und wiederholten denselben Vers mehrere Male. Sie brachten einige der Zunächstsitzenden zum Mitsingen. Nun aber erscholl von der Tür her ein leichtfertiger Gassenhauer. Töne kämpften gegen Töne, Worte mit Worten, Gitarren mit Pfeifen. Die starken, geschulten Stimmen der Mädchen stritten mit den heiseren, im Stimmenwechsel befindlichen der Knaben und den Brummbässen der Männer. Als der Gassenhauer im Unterliegen war, begann man unten an der Tür zu stampfen und zu pfeifen. Der Heilsgesang unterlag, einem verwundeten Krieger vergleichbar. Der Lärm war fürchterlich. Die Mädchen stürzten auf die Knie.

Sie lagen wie machtlos da. Die Augen waren geschlossen. Ihr Leib schwankte in stummem Schmerze hin und her. Der Lärm erstarb. Der Heilsarmeehauptmann begann sofort: »Herr, alle diese wirst du zu den deinen machen. Wir danken dir, Herr, daß du sie alle in dein Kriegsheer aufnehmen willst! Wir danken dir, Herr, daß wir sie dir zuführen dürfen!«

Die Volksmenge knirschte vor Wut, heulte und tobte. Alle diese Kehlen schienen gleichsam mit einem scharfen Messer gekitzelt zu werden. Es war, als fürchteten die Menschen besiegt zu werden, und als hätten sie vergessen, daß sie freiwillig gekommen waren.

Das Mädchen aber fuhr fort, und ihre scharfe, schneidende Stimme siegte. Sie mußten hören.

»Ihr lärmt und schreit. Die alte Schlange in euch windet sich und wütet. Doch dies ist gerade das Zeichen. Gesegnet sei das Brüllen der alten Schlange! Es zeigt, daß sie Qual erleidet und sich fürchtet! Lacht über uns! Schlagt uns die Fenster ein! Jagt uns vom Podium herunter! Morgen werdet ihr uns gehören. Wir werden die Erde besitzen. Wie wolltet ihr uns widerstehen? Wie wolltet ihr Gott widerstehen?«

Gleich darauf befahl der Hauptmann einem seiner Kameraden, vorzutreten und Zeugnis abzulegen. Das Mädchen trat lächelnd vor. Mutig und unerschrocken schleuderte sie den Höhnenden die Geschichte ihrer Sünde und ihrer Bekehrung entgegen. Wo lernte die Küchenmagd, bei all diesem Hohne zu lächeln? Einige von denen, welche gekommen waren, um zu spotten, erblaßten. Woher nahmen diese Mädchen ihren Mut und ihre Macht? Es stand jemand hinter ihnen.

Die dritte trat jetzt vor. Sie war ein bildhübsches Ding, reicher Eltern Kind, und hatte eine liebliche, helle Singstimme. Sie sprach nicht von sich. Ihr Bekenntnis war einer der gewöhnlichen Gesänge. Dies war gleichsam der Schatten eines Sieges. Die Versammlung lauschte selbstvergessen. Das blutjunge Ding war hübsch anzusehen und angenehm zu hören. Doch wie sie verstummte, wurde das Unwesen noch schrecklicher. Unten an der Tür bauten sie ein Podium von Bänken, stiegen hinauf und legten Zeugnis ab.

Es wurde immer greulicher im Saale. Der eiserne Ofen wurde glutrot, verzehrte Luft und spie Hitze aus. Die ehrbaren Frauen auf den vordersten Bänken sahen sich nach einer Gelegenheit zum Flüchten um, aber es gab keine Möglichkeit, hinauszugelangen. Die Heilssoldaten auf dem Podium schwitzten und waren halb ohnmächtig. Sie flehten und beteten um Kraft. Plötzlich fuhr ein frischer Hauch durch die Luft, ein Flüstern drang an ihr Ohr. Woher, das wußten sie nicht, aber sie merkten einen Umschlag. Gott war mit ihnen. Er kämpfte für sie.

Aufs neue in den Kampf! Der Hauptmann trat vor, die Bibel über den Kopf erhebend. »Haltet ein, haltet ein! Wir merken, daß Gott unter uns tätig ist. Eine Bekehrung ist nahe. Helft uns beten! Gott will uns eine Seele schenken!«

Still betend lagen sie auf den Knien. Im Saale beteten einige mit. Gespannte Erwartung zeigte sich bei allen. Konnte dies wahr sein? Trug sich hier, mitten unter ihnen, in der Seele eines Mitmenschen etwas Großes zu? Würden sie es sehen? Konnten diese Weiber wirklich etwas?

Für einen Augenblick war die Menge gewonnen. Jetzt war sie ebenso erpicht auf Wunder, wie vorher aufs Schmähen. Keiner wagte sich zu rühren. Alle keuchten vor Erwartung, aber nichts geschah. »O Gott, du verläßt uns, o Gott!«

Der hübsche Heilssoldat begann zu singen. Das Mädchen wählte die sanfteste der Melodien, das zarteste Kind der Sehnsucht: »Fern von den grünenden Tälern er weilt.«

Die Worte waren nur wenig verändert. Aus dem Liede des finnischen Hirtenmädchens hatte sich leicht ein Gesang über Jesu Sehnsucht nach der Seele machen lassen. »O du, meine Geliebte, kommst du nicht bald?«

So sanft lockend wie ein bittendes Kind glitt der Gesang ins Gemüt hinein, – wie eine Liebkosung, wie ein Segenswunsch.

Die Versammlung war still, sie versenkte sich in diese Töne. »Berge und Wälder sehnen sich, Himmel und Erde leben in Sehnsucht. Mensch, alles auf der Welt dürstet danach, daß du deine Seele dem Lichte öffnest. Dann verbreitet sich Herrlichkeit über die Welt, dann erheben sich die Tiere aus ihrer Erniedrigung. Das Seufzen der Kreatur hat ein Ende.

Oh, du meine Geliebte, kommst du nicht bald?

Es ist nicht wahr, daß du in hohen Königsälen geblieben bist. In dunklen Wirtshäusern, in elenden Hütten weilst du. Und du weigerst dich zu kommen. Mein heller Himmel lockt dich nicht.

Oh, du meine Geliebte, kommst du nicht bald?«

Drunten im Saale stimmten immer mehr Leute in den Refrain ein. Eine Stimme nach der andern sang mit. Sie wußten nicht genau, welche Worte sie sangen. Die Melodie genügte. Alles Sehnen konnte sich in diesen Tönen befreien. Sie wurden sogar unten an der Tür gesungen. Sie sprengte Herzen. Sie bezwang Willen. Sie klang nicht mehr wie eine jammernde Klage, sondern stark und gebieterisch.

»Oh, du meine Geliebte, kommst du nicht bald?«

Unten an der Tür, mitten im dichtesten Gedränge, stand Matthias Wik. Er sah sehr versoffen aus, über diesen Abend war er nicht berauscht. Während er dort stand, dachte er immerfort: »Wenn ich doch reden dürfte, wenn ich doch reden dürfte.«

Das war der wunderbarste Raum, den er je gesehen, und die wunderbarste Gelegenheit. Eine Stimme raunte ihm zu:

»Dies ist das Rohr, zu dem du flüstern darfst, dies sind die Wellen, die deine Stimme tragen werden.«

Die Singenden fuhren zusammen. Es war ihnen, als hörten ihre Ohren einen Löwen brüllen. Eine starke, schreckliche Stimme sprach entsetzliche Worte.

Sie verhöhnte Gott. Weshalb dienten die Menschen Gott? Er ließ alle seine Diener im Stiche. Er hatte seinen eigenen Sohn verlassen. Gott half keinem.

Die Stimme rauschte von Minute zu Minute gewaltiger dahin. Niemand hätte einer menschlichen Lunge solche Kraft zugetraut. Solche Wut hatte noch keiner aus einem zertretenen Herzen hervorbrechen gehört. Sie beugten ihr Haupt wie die Wandrer in der Wüste, wenn der Sturm über sie hinfährt.

Gewaltige, gewaltige Worte. Sie glichen donnernden Hammerschlägen gegen Gottes Thron. Gegen ihn, der Hiob peinigte, die Märtyrer leiden und seine Bekenner auf Scheiterhaufen verbrennen ließ. Wann wird der Ohnmächtige sein Reich gründen? Wann hört er auf, der Schlechtigkeit den Sieg zu lassen?

Anfangs hatten einige zu lachen versucht. Sie hatten dies für Scherz gehalten. Jetzt erkannten sie bebend, daß es Ernst war. Schon erhoben sich einige, um auf das Podium zu flüchten. Sie suchten Schutz bei der Heilsarmee vor demjenigen, welcher Gottes Zorn auf sie herabzog.

Die Stimme fragte sie in zischendem Tone, welchen Lohn sie für ihre Bemühungen, Gott zu dienen, erwarteten. Sie möchten sich nicht auf den Himmel spitzen. Gott sei geizig mit seinem Himmel. Ein Mann habe mehr Gutes getan, als zur Erlangung der Seligkeit nötig sei. Er habe größere Opfer gebracht, als Gott verlange. Nachher aber sei er zur Sünde verlockt worden. Das Leben sei lang. Die erworbene Gnade bezahle er schon in dieser Welt wieder aus. Er werde den Weg der Verdammten gehen.

Die Rede glich dem furchteinflößenden Nordsturme, der die Schiffe in den Hafen treibt. Während der Rede des Lästerers stürzten Weiber auf das Podium hinauf. Die Hände der Heilssoldaten wurden ergriffen und geküßt. Eine Belehrung folgte der andren. Die Soldaten konnten kaum alle in ihre Reihen aufnehmen. Knaben und Greise priesen Gott.

Der Redner sprach weiter. Die Worte berauschten ihn. Er sagte sich selbst: »Ich spreche, ich spreche, endlich spreche ich. Ich sage ihnen mein Geheimnis und sage es ihnen doch nicht.« Zum erstenmal, seit er das große Opfer gebracht hatte, fühlte er sich frei von Kummer.

Es war ein Sonntagnachmittag im Hochsommer. Die Stadt sah wie eine Steinwüste, wie eine Mondlandschaft aus. Man sah keine Katze, keinen Sperling, kaum eine Fliege an einer sonnigen Wand. Kein Schornstein rauchte. In den schwülen Straßen regte sich kein Lüftchen. Das Ganze war nur ein mit Steinen besäter Acker, aus dem Steinwände emporwuchsen.

Wo waren Hunde und Menschen? Wo waren die jungen Damen mit engen Röcken und weiten Ärmeln, langen Handschuhen und roten Sonnenschirmen? Wo waren Vaterlandsverteidiger und Modegecken, Heilsarmeesoldaten und Gassenbuben?

Wohin zogen an dem taufrischen Morgen all die bunten Lustfahrer-scharen, all die Körbe, Harmonikas und Flaschen, welche das Dampfboot ausschiffte? Oder wo blieb die lange Antialkoholiker-Prozession? Die Fahnen wehten, die Trommeln donnerten, die Gassenbuben liefen stampfend und hurrarufend mit. Oder wo blieben die Kinderwagen, unter deren blauem Schirme die Kleinen schliefen, während Vater und Mutter sie andachtsvoll die Straße entlang schoben?

Sie alle wollten in den Wald hinaus. Sie klagten über die langen Straßen. Die Steinhäuser schienen ihnen nachzujagen. Endlich, endlich schimmerte es grün. Und unmittelbar vor der Stadt, wo der Weg sich über ebene, feuchte Felder schlängelte, wo die Lerchen am lautesten trillerten und der Klee honigsüß duftete, da lagen die ersten Zurückge-bliebenen. Die Mütze im Nacken, das Gesicht im Grase. Den Körper im Sonnenscheine badend, die Seele durch Nichtstun und Ruhe erfri-schend.

Auf dem Wege nach dem Walde aber mühten sich Eßkorbträger und Radler ab. Knaben kamen mit Botanisierspaten und blanken Tornistern. Mädchen tänzelten in Staubwolken einher. Himmel und Fahnen, Kinder und Trompeter. Handwerkerfamilien und Arbeiterfamilien. Die sich bäumenden Rosse eines Jagdwagens zappelten mit den Vorderbeinen über den Gruppen. Ein berauschter Geselle kletterte übermütig auf das

Rad. Flinke Damenhände stießen ihn zurück, so daß er auf dem Rücken im Staube des Weges zappelte.

Drinnen im Walde spielte und sang, flötete und schnalzte eine Nachtigall. Die Birken trauerten, ihre Stämme waren schwarz. Die Buchen bauten hohe Tempel, Stockwerk auf Stockwerk von quergestreiftem Grün. Der Frosch zielte mit der Zunge. Mit jedem Schusse holte er sich eine Fliege. Der Igel trabte in den alten, raschelnden Buchenblättern umher. Die Eintagsfliegen huschten mit glitzernden Flügeln über morastige Stellen hin. Die Menschen setzten sich um die Eßkörbe herum. Goldkäfer krochen dicht bei ihnen im Grase. Die schnarrenden, springenden Grillen suchten ihnen den Sonntag fröhlich zu machen.

Plötzlich verschwand der Igel, er rollte sich erschreckt in seine Stacheln. Verstummend tauchten die Grillen im Grase unter. Die Nachtigall sang sich beinahe von Verstand. Es waren Gitarren, Gitarren. Die Heilsarmee zog unter den Buchen hin. Die Leute fuhren aus ihrer stumpfen Ruhe unter den Bäumen auf. Der Tanzplatz und der Krocketplatz leerten sich. Die Schaukel und das Karussell konnte sich eine Stunde ausruhen. Alles begab sich nach dem Lager der Heilsarmee. Die Bänke füllten sich, und auf jedem Hübelchen saßen Zuhörer.

Jetzt war die Armee schon stark und mächtig. Manch hübsches Gesicht umschloß der Heilshut. Manch starker Mann trug die rote Bluse. Ruhe und Ordnung herrschte unter den Haufen. Schimpfreden wagten sich nicht über die Lippen. Die Flüche grollten unschädlich hinter den Zähnen. Und der Schuster Matthias Wik, der gewaltige Gotteslästerer, stand jetzt als Fähnrich an den Stufen des Podiums. Auch er gehörte zu den Gläubigen. Das Tuch der roten Fahne streifte freundlich sein graues Haupt.

Die Heilssoldaten hatten den Alten nicht vergessen. Ihm verdankten sie ihren ersten Sieg. Sie hatten ihn in seiner Einsamkeit aufgesucht. Sie scheuerten seine Fußböden und flickten sein Zeug. Sie weigerten sich nicht, mit ihm zu verkehren. Und auf ihren Versammlungen durfte er reden.

Seit er sein Schweigen gebrochen hatte, war er glücklich. Er stand nicht mehr wie ein Feind Gottes da. In ihm war brausende Kraft. Er war glücklich, wenn er ihr Luft machen durfte. Wenn der Saal von seiner Löwenstimme dröhnte, war er glücklich.

Er redete stets von sich. Er erzählte stets seine eigene Geschichte. Das Schicksal des Verkannten schilderte er. Er sprach von Opfern bis aufs Blut, die ohne Belohnung und ohne Anerkennung gebracht worden. Er verkleidete, was er berichtete. Er erzählte sein Geheimnis und erzählte es doch nicht.

Aus ihm wurde ein Dichter. Er erhielt Kraft, Herzen zu gewinnen. Seinetwegen versammelten sich die Leute vor dem Podium der Heilsarmee. Er zog sie mit den süßphantastischen Bildern, die sein krankes Hirn erfüllten, dorthin. Er fesselte sie mit den Worten ergreifender Klage, die seine Herzensqual ihn gelehrt.

Vielleicht war sein Geist schon früher in dieser Welt des Todes und des Wechsels zu Gaste gewesen. Vielleicht war er da ein großer Dichter gewesen, der auf den Saiten des Herzens spielen gekonnt. Doch für schwere Sünden war er verurteilt worden, sein Erdenleben wieder zu beginnen und, unbekannt mit der Macht seines Geistes, von seiner Hände Arbeit zu leben. Jetzt aber hatte sein Leid den Kerker des Geistes erbrochen. Seine Seele war ein eben befreiter Gefangener. Lichtscheu und verwirrt, aber doch über ihre Freiheit jubelnd, zog sie über die früheren Schlachtfelder hin.

Der wilde, unkundige Sänger, die unter Staren aufgewachsene Schwarzdrossel, horchte mißtrauisch auf die Worte, die ihm auf die Lippen treten würden. Woher erhielt er die Macht, die Menge zu zwingen, seiner Rede begeistert zu lauschen? Woher erhielt er die Macht, stolze Menschen zum Niederknien und Händeringen zu zwingen? Er zitterte, wenn er zu sprechen begann. Dann aber kam ruhige Zuversicht über ihn. Aus der nie erschöpften Tiefe seines Leides stiegen unaufhörlich Wolken von schmerzbedrückten Worten empor.

Die Reden wurden nie gedruckt. Sie waren Jagdrufe, schmetternde Hornstöße, die weckten und anfeuerten, schreckten und hetzten. Nicht zu fangen, nicht wiederzugeben. Zuckende Blitze und rollender Donner. Sie erschütterten die Herzen in düsterer Angst. Doch vergänglich waren sie, nie ließen sie sich aufgreifen. Der Wasserfall läßt sich bis auf den letzten Tropfen ausmessen, das wirbelnde Spiel des Schaumes sich malen, doch nicht der spottende, wirbelnde, schnelle, anschwellende und gewaltige Strom dieser Reden.

An jenem Tage im Walde fragte er die Versammelten, ob sie wüßten, wie sie Gott dienen sollten. – Wie Uria seinem Könige diente.

Nun wurde der Mann auf dem Podium zum Uria. Jetzt ritt er mit dem Briefe seines Königs durch die Wüste. Er war allein dort. Die Öde erschreckte ihn. Seine Gedanken waren düster. Doch, wenn er an seine Gattin dachte, lächelte er. Bei der Erinnerung an sie wurde die Wüste zum Blumenbeete. Der Gedanke an sie ließ Quellen aus der Erde entspringen.

Sein Kamel stürzte. Trübe Ahnungen erfüllten seine Seele. »Das Unglück«, dachte er, »ist ein Geier, der die Wüste liebt.« Doch er kehrte nicht um, sondern eilte mit dem Briefe seines Königs vorwärts. Er trat auf Dornen. Er ging zwischen Kreuzottern und Skorpionen hindurch. Ihn dürstete und hungerte. Er sah eine Karawane wie eine dunkle Linie durch den Wüstensand ziehen. Er suchte sie nicht auf. Er wagte es nicht, sich mit Unbekannten einzulassen. Wer den Brief des Königs trägt, muß allein gehen. Am Abend erblickte er weiße Hirtenzelte. Er fühlte sich so dorthin gezogen wie nach dem freundlichen Häuschen seiner Gattin. Er glaubte weiße Schleier winken zu sehen. Er bog von den Zelten ab in die Einöde hinein. Wehe, wenn sie ihm den Brief seines Königs gestohlen hätten.

Schwankend geht er vorwärts, als er lauernde Räuber hinter sich herjagen sieht. Er denkt an den Brief des Königs. Er liest ihn, um ihn dann zu vernichten. Er liest ihn und sein Mut kehrt zurück. Erhebe dich, Krieger von Juda! Er vernichtet den Brief nicht. Er weicht den Räubern nicht. Er kämpft und siegt. Und dann weiter, weiter. Er trägt sein Todesurteil durch tausend Gefahren. – – –

So soll Gottes Willen gehorcht werden, bis aufs Blut, bis in den Tod. – –

Während Matthias Wik sprach, befand sich seine geschiedene Frau unter den Zuhörern. Sie war am Morgen in den Wald gegangen, munter und zufrieden am Arme ihres Mannes, höchst matronenhaft und durch und durch achtbar. Die Tochter und der Gesell trugen den Eßkorb. Die

Magd ging mit dem jüngsten Kinde hinterdrein. Alle waren heiter, glücklich und ruhig gewesen.

Dann hatten sie sich in einem Dickicht gelagert. Sie hatten gegessen und getrunken, spendiert und sich traktieren lassen, gespielt und gelacht. Auch nicht einmal vergangener Zeiten gedacht! Das Gewissen schwieg wie ein sattes Kind. Früher hatte sie, wenn ihr erster Mann halb berauscht an ihrem Fenster vorbeigewankt war, einen Stich im Herzen gefühlt.

Dann hatte sie gehört, daß er das Idol der Heilsarmee geworden. Dies hatte sie vollständig beruhigt. Jetzt war sie gekommen, um ihn zu hören. Und sie verstand ihn. Er redete nicht von Uria. Er sprach von sich selbst. Er wand sich unter den Gedanken an sein eigenes Opfer. Er riß Stücke aus seinem eigenen Herzen und warf sie unter das Volk. Er kannte diesen Wüstenreiter, diesen Sieger über die Räuber. Und diese ungestillte Qual starrte ihr wie ein offenes Grab entgegen. –

Es wurde Nacht. Der Wald wurde menschenleer. Lebt wohl, ihr Blumen und grünen Bäume! Weiter Himmel, ein langes Lebewohl! Die Schlangen begannen zwischen den Grasbüscheln hinzugleiten. Die Kröten krochen auf den Wegen. Der Wald wurde häßlich. Alles sehnte sich heim nach der Steinwüste, nach der Mondlandschaft. Dort ist gut hausen für Menschen. Vielleicht werden dort leidende Herzen schnell versteinern.

Frau Anna Erikson lud ihre alten Freundinnen ein. Die Handwerkerfrauen und die Arbeitsfrauen der Vorstadt kamen zum Vormittagskaffee zu ihr. Es waren dieselben Frauen, die an jenem Fluchttage bei ihr gewesen waren. Eine neue war dabei, Maria Andersson, der Hauptmann der Heilsarmee.

Anna Erikson war jetzt viel zur Heilsarmee gegangen. Sie hatte ihren Mann gehört. Er erzählte stets von sich. Er verkleidete seine Geschichte. Sie erkannte sie stets. Er war Abraham. Er war Hiob. Er war Jeremias, den das Volk in einen Brunnen warf. Er war Elias, den die Kinder auf dem Wege verspotteten.

Dieser Schmerz erschien ihr bodenlos. Dieser Kummer schien sich ihr jede Stimme zu leihen, sich mit allem, was ihm in den Weg kam, zu maskieren. Sie verstand nicht, daß der Mann sich gesundredete, daß es vor Freude über die Dichtermacht in ihm spielte und lächelte.

Sie hatte ihre Tochter mit zur Armee geschleppt. Die Tochter hatte nicht gehen wollen. Sie war streng, sittsam und pflichtgetreu. Kein Jugendfeuer erhitzte ihr Blut. Sie war alt geboren.

Sie war mit der Scham über den Vater aufgewachsen. Sie hielt sich kerzengrade, als wollte sie sagen: »Seht eines verachteten Mannes Tochter! Seht, ob es Staub auf meinem Kleide gibt! Seht, wie mein Wandel fleckenlos ist!« Ihre Mutter war stolz auf sie. Doch dachte sie auch bisweilen seufzend: »Ach, wenn die Hände meiner Tochter weniger weiß wären, würde sie mich vielleicht wärmer lieblosen!«

Spöttisch lächelnd saß das Mädchen in der Armee. Sie verachtete das Theatralische. Als ihr Vater das Podium betrat, wollte sie gehen. Frau Anna Eriksons Hand ergriff die ihre fest wie eine Zange. Das Mädchen blieb sitzen. Der Wortstrom begann über sie hinzurauschen. Doch was zu ihr sprach, waren weniger die Worte als die Hand ihrer Mutter.

Die Hand schrie förmlich vor Schmerzen und zuckte wie im Krampfe. Dann wieder lag sie schlaff, wie tot, in der ihren. Fieberheiß griff sie wild um sich. Das Gesicht der Mutter verriet nichts. Nur die Hand litt und kämpfte.

Der alte Redner beschrieb das Märtyrertum des Schweigens. Jesu Freund lag krank. Die Schwestern ließen den Heiland benachrichtigen. Doch seine Zeit war noch nicht gekommen. Für Gottes Reich mußte Lazarus sterben.

Er ließ nun alle Zweifel, alle Verleumdungen über Christum herfahren. Er beschrieb sein Leiden. Sein eigenes Mitleid quälte ihn. Er machte die Todesqual mit Lazarus durch. Dennoch mußte er schweigen.

Nur ein Wort hätte er sagen brauchen, um die Achtung der Freunde wiederzugewinnen. Er schwieg. Er mußte die Klagen der Schwestern anhören. Er sagte ihnen die Wahrheit in Worten, die sie nicht verstanden. Die Feinde spotteten seiner.

Und so ging es, immer ergreifender werdend, weiter.

Anna Eriksons Hand lag noch in der ihrer Tochter. Die Hand beichtete und bekannte: »Der Mann dort ist selbst ein Märtyrer des

Schweigens. Er wird fälschlich angeklagt. Mit einem Worte könnte er sich befreien.«

Das Mädchen begleitete die Mutter nach Hause. Sie gingen stumm nebeneinander her. Das Gesicht der Jungen war wie versteinert. Sie grübelte und rief sich alles ins Gedächtnis zurück, was die Erinnerung ihr sagen konnte. Ihre Mutter betrachtete sie ängstlich forschend.

Was wußte sie?

Am Tage darauf gab Anna Erikson ihre Kaffeegesellschaft. Die Unterhaltung drehte sich munter um den Markt, der an diesem Tage stattfand, um Holzpantoffelpreise und um mausende Mägde. Die Weiber plauderten und lachten. Sie gossen sich den Kaffee in die Untertasse. Sie waren sanftmütig und unbekümmert. Frau Anna Erikson begriff nicht, wie es gekommen, daß sie sie einst gefürchtet und noch immer geglaubt, jene würden sie verurteilen.

Als sie sich die zweite Tasse eingeschenkt hatten, als sie zufrieden und gemütlich mit ihren randvoll geschenkten Kaffeetassen dasaßen und sich die Schälchen mit Kuchen hoch vollgepackt hatten, ergriff sie das Wort. Ihre Worte klangen ein bißchen feierlich, aber ihre Stimme war ruhig.

»In der Jugend ist man unvorsichtig. Ein Mädchen, das sich verheiratet, ohne ordentlich über das, was ihr bevorsteht, nachzudenken, kann in großes Unglück geraten. Wem ist es schlechter ergangen als mir?«

Das wußten sie alle. Sie waren ja bei ihr gewesen und hatten mit ihr getrauert.

»In der Jugend ist man unvernünftig. Man verschweigt aus Scham, was gesagt werden müßte. Aus Furcht vor dem, was die Leute dazu sagen werden, wagt man nicht zu sprechen. Wer nicht im rechten Augenblicke gesprochen, kann es sein Leben lang bereuen müssen.«

Alle glaubten, daß dies wahr sei.

Sie habe Matthias Wik gestern, wie schon oft gehört. Jetzt müsse sie ihnen allen etwas von ihm sagen. Es überfalle sie eine qualvolle Unruhe, wenn sie daran denke, was er ihretwegen gelitten habe. Dennoch finde sie, daß er, der alt gewesen, zu vernünftig hätte sein müssen, um sie, eine so junge Dirne, zur Frau zu nehmen.

»In meiner Jugend getraute ich mich nicht, es zu sagen. Doch er verließ mich aus Mitleid, weil er glaubte, ich wolle Erikson haben. Ich habe einen Brief von ihm darüber.«

Sie las ihnen den Brief vor. Eine Träne rollte ihr über die Wange, ganz wie es der Anstand verlangte.

»Er hatte sich in seiner Eifersucht nur getäuscht. Damals war es mit mir und Erikson nichts. Es dauerte noch vier Jahre, ehe wir uns heirateten. Ich will dies aber doch jetzt sagen, denn Wik ist zu gut, um so verkannt zu werden. Er verließ Frau und Kind nicht aus Leichtsinn, sondern in guter Absicht. Ich will, daß dies überall bekannt werde. Hauptmann Andersson wird vielleicht den Brief in der Armee vorlesen. Ich will, daß Wik wieder zu Ansehen gelangt. Ich weiß auch, daß ich zu lange geschwiegen habe, aber man gibt sich eines Trunkenboldes wegen nicht gern selbst preis. Jetzt liegt die Sache anders.«

Die Frauen saßen beinahe wie versteinert. Anna Eriksons Stimme zitterte ein wenig, als sie mit schwachem Lächeln sagte:

»Jetzt werden Sie mich am Ende nie wieder besuchen wollen?«

»Oh, doch, gewiß! Sie waren ja so jung, Frau Erikson! Sie konnten ja gar nichts dafür, Frau Erikson! Es war ja seine Schuld, daß er sich so etwas einbildete.«

Sie lächelte. Dies waren die spitzen Schnäbel, die sie hätten zerfleischen sollen. Die Wahrheit war nicht gefährlich und die Lüge auch nicht. Die Füße der jungen Männer warteten nicht vor ihrer Tür.

Wußte sie, daß ihre älteste Tochter am selben Morgen ihr Haus verlassen hatte, um zu ihrem Vater zu gehen, oder wußte sie es nicht?

Das von Matthias Wik für die Ehre seiner Gattin gebrachte Opfer wurde bekannt. Er wurde bewundert. Er wurde aber auch verlacht. Sein Brief wurde in der Armee vorgelesen. Einige weinten vor Rührung. Leute drückten ihm auf der Straße die Hand. Seine Tochter siedelte zu ihm über.

Die nächsten Abende nach diesem Tage schwieg er bei den Zusammenkünften. Er fühlte keinen inneren Drang, zu sprechen. Einmal bat man ihn, zu reden. Er bestieg das Podium, faltete die Hände und begann.

Als er ein paar Worte gesprochen, hielt er verwirrt ein. Er kannte seine eigene Stimme nicht wieder. Wo war die Löwenstimme geblieben?

Wo der brausende Nordsturm? Und wo der Wortstrom? Er begriff es nicht, konnte es nicht begreifen.

Wankend trat er zurück. »Ich kann nicht«, murmelte er. »Gott gibt mir noch keine Kraft zu reden.« Er setzte sich auf die Bank nieder und stützte den Kopf in die Hände. Er konzentrierte all seine Denkkraft, um wenigstens erst ausfindig zu machen, über welches Thema er reden wollte. Hatte er in früheren Tagen je darüber nachgrübeln brauchen? Kannte er jetzt nachdenken? Die Gedanken verwirrten sich ihm.

Vielleicht würde es gehen, wenn er sich wieder erhöbe, sich dorthin stellte, wo er zu stehen pflegte und mit seinem gewöhnlichen Gebete anfinge. Er versuchte es. Sein Gesicht wurde aschgrau. Die Blicke richteten sich auf ihn. Kalter Schweiß perlte auf seiner Stirn. Seine Lippen fanden kein einziges Wort.

Er saß auf seinem Platze, weinte und stöhnte dumpf. Die Rednergabe war ihm genommen worden. Er versuchte zu reden, versuchte es erst still für sich. Wovon sollte er sprechen? Sein Kummer war ihm genommen worden. Er hatte den Menschen nichts zu sagen, was er ihnen nicht sagen durfte. Er hatte kein Geheimnis zu verhüllen. Er bedurfte der Dichtung nicht. Die Dichtung wich von ihm.

Todesangst ergriff ihn. Es war ein Kampf ums Leben. Er wollte das festhalten, was schon fort war. Er wollte seinen Kummer wieder haben, um wieder reden zu können. Sein Kummer hatte sich verflüchtigt. Er konnte ihn nicht wieder greifen.

Wie ein Trunkener schwankte er immer wieder aufs Podium. Er stammelte dort sinnlose Worte. Er leierte dort wie etwas Auswendiggelerntes her, was er andere sagen gehört hatte. Er suchte sich selber nachzuahmen. Er spähte nach Andacht in den Blicken, bebendem Schweigen und erregten Atemzügen umher. Er gewahrte nichts davon. Was seine Freude gewesen, war ihm genommen worden.

Er trat wieder in die Dunkelheit zurück. Er verfluchte es, daß er Frau und Tochter durch seine Rede bekehrt hatte. Er hatte das köstlichste Gut besessen und es verloren. Sein Schmerz war grenzenlos – doch von solchem Grame lebt das Genie nicht.

Er war ein Maler ohne Hände, ein Sänger, der seine Stimme verloren. Er hatte nur von seinem Kummer geredet.

Wovon sollte er jetzt sprechen?!

Er betete: »O Gott, da die Ehre stumm ist, das Verkanntsein aber spricht, laß mich wieder verkannt sein! Da das Glück stumm ist, der Gram aber redet, gib mir meinen Kummer wieder!«

Doch die Krone war ihm genommen worden. Elender als der Elendste saß er da, denn er war von den Höhen des Lebens herabgestürzt. Er war ein entthronter König.

Tale Thott

Es war einmal ein Mann, der einen Klumpen Gift fand. Er hob es auf, steckte es ein und führte es getreulich mit sich, wohin er ging, obgleich er gar nicht gedachte, es zu gebrauchen. Aber als er das Gift fünfzehn Jahre verborgen hatte, da traf er einen Menschen, mit dem er es nicht ertragen konnte zusammen zu leben, und da wendete er es an. Er glaubte nachher, daß, wenn er just damals den Giftklumpen nicht zur Hand gehabt hätte, er niemals zum Mörder geworden wäre.

Ein ähnliches Bewandtnis hatte es mit Krild Urups Hund. Er schaffte ihn sich an und richtete ihn ab, lange bevor er eigentlich zur Verwendung kam.

Er war ein großer, kräftiger Mann, Krild Urup, aber so träge. Er hatte starke Zahnreihen und große, glänzende Augäpfel. Sein Aussehen war ein wildes, aber man wußte nichts Böses von ihm. Doch es ist so, daß, wer sich Gift schafft und es bewahrt, wohl fühlt, daß er versucht werden kann, es zu gebrauchen, und wer einen solchen Hund behält, wie Arild Urup ... Es war in Kopenhagen, an des alten König Christians Hof. Dort hörte Herr Arild eines Tages den französischen Gesandten erzählen, wie die Rittersleute in Franken und Burgund Hunde einzuüben pflegten, Jagd auf Wildschützen zu machen.

Der König selbst und etliche Ratsherren befragten den Gesandten genau über diese Hunde und ihre Dressur. Sie erfuhren, daß die Tiere abgerichtet wurden, den Wilddieb umzuwerfen und ihn stille unter sich zu halten, bis ihr Herr kam. Sie durften die Zähne nicht gebrauchen, insolange der Dieb nicht zu fliehen versuchte.

Den dänischen Herren schien die Sache vortrefflich, aber sie glaubten nicht, daß sie sich in Dänemark einführen ließ. Der König war alt, er fand an den neuen, ausländischen Gebräuchen nicht Gefallen. Auch gab es keine Hunderasse, die als geeignet erachtet worden wäre.

Herr Arild hatte den anderen beigestimmt, solange er in Kopenhagen weilte, aber kaum saß er daheim auf Ugerup, als er auch schon anderen Sinnes wurde.

So erging es ihm gewöhnlich. Er mußte in seinen vier Pfählen sein, um wirklich zu wissen, was er wollte.

Er bedurfte eines solchen Hundes dringender, als irgend jemand ahnte. Fürs erste hatte er kostbares und prächtiges Wild im Forstparke auf Ugerup, fürs zweite vermochte er es nicht zu schützen. Er konnte sich nicht Respekt verschaffen, wie andere Herren. Er war zu gelassen, um gefürchtet zu werden, und raffte sich nie auf, zu strafen.

Er hatte gerade damals einen ungewöhnlich großen Hund in Ablichtung, der gelehrt werden sollte, auf Wölfe und Bären zu gehen. Er hieß Kark und war so klug, daß Herr Krild beschloß, ihm zu zeigen, wie man Wildschützen jagte. Dies glückte so wohl, daß es den Anschein hatte, als wäre es dem Hunde im Blute gelegen.

Als der Hund im Hundehof ausgelernt hatte, nahm ihn Arild Urup in den Wildpark mit. Dort kannte Herr Arild jeden Baum und Busch, jeden Wildstand und jedes Vogelnest. Man konnte sagen, daß er all seine Liebe hineingelegt hatte. Aber merkte er, daß ein Tier gestohlen war, so brachte er es dennoch nicht über sich, den Dieb zu verfolgen. Jedoch sein Zorn war darum nicht geringer.

Sobald er nur unter die Bäume trat, erblickte er eine Falle, die nicht von ihm oder seinen Jägern gestellt war. Er ließ Kark daran schnuppern und nahm ihm dann die Koppel ab.

Der Hund schoß geradenwegs in ein Dickicht, und in ein paar Augenblicken hörte Herr Arild einen Schrei und einen schweren Fall. Der Wilddieb war eben dagewesen, um seine Falle zu besichtigen, und es war ihm nicht gelungen, aus dem Forste zu entkommen.

Als Herr Arild sich Weg durch das Gestrüpp bahnte, sah er den Burschen umgestürzt auf der Erde liegen und den Hund über ihm stehen, die Tatzen auf seiner Brust und den Rachen an seiner Kehle, ganz wie der Franzmann gesagt hatte, daß es sein müßte.

Herr Arild griff gleich nach der Hundspeitsche und begann den Kerl zu schlagen. Er erstaunte förmlich über sich selbst, aber er fühlte, daß er dieses eine, einzigmal seine Kraft zeigen mußte. Er kannte überdies den Burschen, und er wußte keinen Schelm, dem er lieber beigekommen wäre. Es schlug sich auch so vergnüglich, während der Dieb stille lag, wie an einen Richtblock gebunden und nur auf die funkelnden Augen des Hundes achtete und auf die Zähne, die bei jeder Bewegung, die er versuchte, seine Kehle kitzelten.

Als Arild Urup ein paar tüchtige Hiebe geführt hatte, kam etwas Merkwürdiges über ihn. Es dünkte ihm, daß sein Arm begann von selbst zu gehen; ohne daß er daran dachte, fing er an, mit dem Peitschenschafte zu schlagen, und er lachte hell auf, als der Bursche vor ihm vor dem Schmerze der Schläge zusammenzuckte.

Etwas ganz Neues hatte in ihm die Oberhand, er wurde sich gleichsam selbst fremd. Er empfand eine solche Freude bei jedem Schlage, den er dem zitternden, zuckenden Menschenleibe gab, daß er sich nicht entsinnen konnte, je vorher solche Wollust gefühlt zu haben.

Er zerpeitschte Kleider und Haut. Er sehnte sich nach dem ersten Blutstropfen, und als er ihn hervorgepeitscht hatte, fühlte er, daß er sich darnach sehnte, das Leben selbst herauszupeitschen.

Im Anfange hatte der Bursche geheult, aber mit einemmale wurde er still. Man hätte ihn für tot halten können, würde der Körper nicht weiter unter den Schlägen gezuckt und gezittert haben. Seine häßlichen, alten Kleider waren auseinandergepeischt, und der Körper schwoll blau und blutig auf.

Der Hund hatte ihn verlassen und stand neben Arild Urup. Bei jedem Schlage tat er einen Satz, wie um sich auf seine Beute zu stürzen, und stieß ein frohes Bellen aus. Als Arild Urups Blick aus ihn fiel und er sah, wie er im Blutdufte witterte und alle wilden Lüste in ihm entfesselt waren, da erfaßte ihn mit einemmale Ekel.

Das Ende war, daß Kark einen Schlag über den Rücken erhielt, der ihn zu Boden streckte, wo er sich vor Schmerz krümmte, und daß Krild Urup heimging. Der Wilddieb mochte das Weite suchen, so gut er konnte.

In den nächsten Tagen fühlte Herr Arild ein wunderliches Unbehagen. Er liebte es, in Frieden und Ruhe zu leben, und vertrug solche Erregungen nicht. Und obgleich er im Krieg und Turnier gewesen und seine Sache gar nicht übel gemacht, hatte er sich doch nie wild und außer sich gefühlt. Es kam ihm in den Sinn, daß es mit dem Hunde nicht geheuer sein konnte. Denn die Grausamkeit war über ihn gekommen, als er Karks Augen funkeln und seine weißen Zähne des Mannes Kehle kitzeln gesehen hatte. Todsünden greifen ärger um sich, als die Pest.

Und so mochte es mit seinem Wildforste gehen, wie es wollte, aber aus seiner stetigen Ruhe wollte er nicht gerissen werden. Darum ließ er Kark binden. Er mußte Jahr um Jahr in seiner Hütte stehen und wurde niemals mehr mit in den Wald genommen.

Aber er tötete ihn nicht, er verschenkte ihn nicht, sondern der Hund stand da, und seine Gaben blieben aufgespeichert, bereit für den fernen Tag, bis Herr Krild seiner bedürfen würde.

*   *
*

Aber bis dahin, welche Reihe von Ereignissen, wie sie sich biegt und krümmt, wie sie sich vorwärts und zurück schlängelt, im Gewebe der Zeiten! Sie breitet sich in Glanz und Farbe aus, sie stirbt im Schatten dahin, sie verwirrt sich und entschwindet.

Welche Reihe von Ereignissen! Sie kommt, wie eine lange Kette von Wogen, die donnern und branden, die sich verflüchtigen in Schaum und Gischt.

Welche kalte, öde Reihe von Ereignissen! Wie wenig sie, soweit sie von den Alten aufgezeichnet wurde, die Spuren dessen trägt, daß Menschen sie durchlebt. Sie ist wie ein altes, verschrumpftes und bleiches Heiligenbild. Einmal freilich wurde es nach frischen Gliedern geschnitzt, einmal freilich nach den Farben blühender Wangen gemalt.

Lasset sie vorbeigleiten, denkt von ihr, wie vom Eisenbahnzuge, daß Leben und Bewegung in dem geschlossenen Wagen herrscht, obgleich man keinen Menschen sieht! Lasset den Eilzug der Ereignisse vorbeigleiten, ohne an Quellen und Hainen zu verweilen, ohne zu Höhen emporzusteigen und den Morgen zu grüßen, ohne am Meeresstrande zu zögern und den Sonnenuntergang zu sehen!

Hört nun, hört, Geschehnisse, nur Geschehnisse! Da ist Herr Lave, der Pfarrer. Er freit bei Frau Elsa Ulfständ auf Eriksholm, Herrn Tale Thotts Wittib, für Herrn Arild Urups Rechnung. Er begehrt das junge Jungfräulein Tale Thott für ihn. Und Jungfrau Tale will nicht, aber Frau Elsa will, und die Anverwandten wollen, denn Herr Arild ist reich.

Und da ist Herr Lave abermals auf Eriksholm und Herr Arild mit ihm, und da wird in Pracht das Verlöbnis gefeiert. Und jetzt, kannst du ein Antlitz hinter dem Fenster des Eilzugs erspähen? Kannst du Jungfrau Tale sehen, kannst du ein armes, verweintes Kindergesicht sehen, das in Verzweiflung erstarrt ist? Kannst du sehen, wie diese starre Verzweiflung, die sie gebunden und gelähmt hat, während sie sie für immer und allezeit Arild Urup versprechen mit einem Gelöbnis, das gleich einer Trauung bindet, wie diese starre Verzweiflung, sage ich, sich in Raserei auflöst, als Herr Arild seine Brautgaben vor ihr ausbreitet! Warte, warte, hier ist mehr als ein Geschehnis, hier ist ein kräftig hervortretender Wille, hier ist ein stolzes und heftiges Herz. Die Hochzeitsangebinde werden zu Boden geschleudert, und der kleine Fuß setzt seine Ferse auf güldenes Geschmeide und Seidentücher. Und die Hand ballt sich gegen Freunde und Gäste, als sie den Kinderzorn mit Lachen begrüßen.

Rasch einen neuen Einschlag in das Gewebe der Zeit. Es ist Hochzeit auf Skabersjö, und dort begegnen sich Tale Thott und Anders Banner. Und wenn dies eine Erzählung von Menschen wäre, würde berichtet werden, wie sie sich trafen und ob es Worte oder Blicke waren, die sie aneinander fesselten. Aber dies ist keine Erzählung von Menschen. Dies ist ein Schattenspiel, ein Spiel matter, farbloser Schatten.

Und nun kommt dies, daß Herr Arild in den Krieg ziehen muß, bevor noch Frau Elsa alles zur Hochzeit bereitet. Und er wird gefangen im Kriege. Und da ist Jungfrau Tale, sie schreibt an Anders Banner, daß Herr Arild in Feindesland gefangen ist und daß er nun kommen möge und um sie freien. Da ist Anders Banner, der reitet nach Eriksholm, dort liegen die beiden auf den Knien vor der Mutter des Jungfräuleins. Es lohnt nicht der Mühe, zu versuchen, sich Menschen hinter diesem zu denken. Dazu sind bloß Schatten vonnöten. Es ist nicht mehr, als was Schatten ausführen können.

Und da ist sie bei Hofe, diese Schattenjungfrau. Da kniet sie nieder vor dem jungen König, immer und allezeit um ihre Freiheit flehend. Immer das Geschehnis, an dem sie teilnimmt, mit einem schwachen Schimmer Leben erfüllend, immer einen stärkeren und bestimmteren Schatten werfend, als die anderen.

Nun zieht sie heim mit des Königs Freisprechung, nun eilen Boten von Eriksholm, um zum Hochzeitsfeste zu laden, nun versammeln sich die Gäste. Da mitten in die Freude langt ein Gegenbefehl des Königs ein. Ein Jahr noch muß die Jungfrau auf Arild Urup warten, dieweil der König es nicht gestatten will, daß seinem treuen Manne Unrecht widerfahre, während er in seinem Dienste ferne ist.

Wie lang die Reihe der Ereignisse ist! Nun ziehen schoonische Herren zu König Erik von Schweden, der Arild Urup gefangen hält, und bitten, ihn auslösen zu dürfen. Aber der König will nicht. Selbst als Schattenkönig ist noch der alte nückenvolle Wille in ihm lebendig. Niemand konnte es sonst begreifen, warum er so gerne Herrn Arild behalten mag.

Und Herr Arild sitzt im Gefängnisturm und wartet auf die Freiheit, und die Jungfrau sitzt im Lustgarten zu Eriksholm. Also hält der Ereignisse wilder Lauf inne. Es ist, als würde ein ungestüm dahinbrausender Eilzug gehemmt. Wir dürfen verweilen und den Blick vom Hügel bewundern, wir dürfen Blumen pflücken am Wegesrand.

* *
*

Denkt, daß dies der Abend vor Tale Thotts und Anders Banners Hochzeit ist!

Und denkt, daß das Glück etwas Furchtbares sein, daß es sich beinahe wie Schmerz ausnehmen kann, daß es die Brust beklemmt und die Glieder schüttelt, daß es lähmt und verwirrt und die Seele aus ihren Vesten hebt.

Daß das Glück so allzu ganz und schön sein kann, daß man wohl in sein Festkleid einen Riß wünscht, eine Falte in sein Antlitz.

Es war eine Sommernacht mit Mondenschein. Es war wirklich Nacht, nicht die bleiche Dämmerung, die man Hochsommernacht nennt, nein, die schwarze Augustnacht, in der das Mondlicht die Dunkelheit durchschneidet, wie das weißeste Silber, da Licht für sich ist und Dunkel für sich, da unter den Parkbäumen schwarze, unvermischte Finsternis herrscht, und klares unvermischtes Licht über dem Rasenplan.

Und es war laue Stille über der Gegend. Nicht ein Wind, der beunruhigte, nicht ein erschreckendes Rascheln, nicht ein fallendes Blatt. Alles schenkte diese Nacht ganz, auch die Stille.

Und wo wurde sie gefeiert, diese Nacht, wo wurde sie durchlebt, in so bebender, schwellender Freude? Nicht unten auf der Ebene zwischen Steinmauern und Pfeilern, nein, hoch oben auf dem grünen Abhang, hoch oben, wo der Boden sich in Risse spaltet, aus denen üppiges Grün sich gleich schwellenden Wogen hinabstürzt, hoch oben, wo der Buchenwald über den Hügel hinabstreift, wie eine buschige Mähne über einen gekrümmten Hals. Alles gab die Nacht voll und reich, sie versetzte uns nicht in Lehmhütten, nicht unter niedrige Holzdächer, nein, hinauf in das große Eriksholm, das neue, glänzende Schloß, flaggengeschmückt, mit blumenumwundenen Pforten und köstlich getäfelten Sälen.

Angebinde um Angebinde gab die Nacht, sie gab dem rieselnden Springbrunnen Silber, den unzähligen, güldenen Wimpeln des Schloßdaches lieh sie Schimmer, sie zauberte Nebel aus dem Graben rings um die Burg, bis sie, wie ein Märchenschloß auf Wolkenrücken erbaut, dalag, und sie ließ schwachen Duft die Luft durchzittern, gleichsam um nichts zu vergessen.

Doch dort im Schloßgange wurde getanzt.

Maid stand neben Maid, Knappe neben Knappe, in zwei langen Reihen. Und sachte traten sie den Reigen, während der Vorsänger eine Weise summte. Aber als er zum Kehrreim kam, stimmten alle ein: Leicht und sein, leicht und sein, tanzt sichs über Wies' und Hain .... Liebeslied um Liebeslied, bis die Luft in Leidenschaft zitterte und bebte, und dann Weisen von Troll und Niß und Nöck, bis Wald und Nebel und Park und Wiese von den Unterirdischen bevölkert schienen. Und mitten darin ein Umschlag im Takte, ein neuer Ton im Bogenstrich. Die langen Ketten der Tanzenden lösten sich, Paare entstanden, der Wirbeltanz begann und entzündete taumelnde Freude in Seele und Sinn.

Rund um den Tanzplan standen Fackeln, und ihr roter Schein stimmte mit der Fröhlichkeit, in der alles war, wie es sein sollte. Doch allen voran war Tale Thott. Eine schöne, reich gekleidete und geschmückte Ritterstochter war sie. Sie ging im Fackelscheine vom Tanzplatze hin und her, Frau Kirstine Kaas an der Hand.

Sie gingen hinauf und hinab. Jedesmal, wenn sie wendeten, so daß der Lichtschimmer vom Tanzplatze ihre Augen traf, oder wenn der Gesang in volleren Tönen zu ihnen herübergetragen wurde, schlug Jungfrau Tale die Hände zusammen. »Hört, hört, sagte sie, nun feiern wir Hochzeit aufs Eriksholm!«

»Willst Du nicht tanzen, Tale?« sagte Frau Kirstine.

»Nein, Frau Kirstine, ich kann nicht.«

»Du solltest sprechen oder singen.«

»Ich bin zu froh, Frau Kirstine.«

Sie war zitternd, ganz außer sich. Es war, als hätte sie eine Feuerluft geatmet, die sie auseinandersprengen wollte, als verbrannte sie innerlich. Sie hielt Frau Kirstine fest an der Hand, als suchte sie Linderung für Qualen.

Frau Kirstine war beinahe unruhig um ihretwillen. Tale Thott pflegte kalt zu sein, von fester Haltung, zähem, hartem Willen. Sie pflegte stille zu gehen, leise zu sprechen. Sie war wie eine, die sich durch vielen Widerstand gekämpft hat. Frau Kirstine fand sonst an Tale Thott kein Gefallen. Sie selbst glich dem sich krümmenden Aal, der geschmeidigen Weide. Sie verkroch sich vor kraftvollen Menschen. An diesem Abend schloß sie sich in Liebe an sie.

»Was ist es, Tale Thott?« sagte Frau Kirstine, »was ist es, das Dich so weit gebracht hat?«

»Es ist nur das Glück, Frau Kirstine, nur das Glück.«

Die Jungfrau führte die Hände an die Augen und schluchzte. Nur ein kurzes, heftiges Aufschluchzen; dann begann sie zu sprechen.

Ob Frau Kirstine wisse, wo Anders Banner sich befand? Nicht wahr, er ritt umher und lud zum Hochzeitsfeste? Das wußte wohl Frau Kirstine, daß am Tage vor der Hochzeit der Bräutigam stets umherreiten mußte und die Gäste laden. Er ritt von Edelhof zu Edelhof. Man konnte nicht hoffen, daß er vor Mitternacht zurückkam.

Es war nicht ein Ton in der Stimme, der nicht ein wenig höher klang, als zu anderen Zeiten. Nicht ein Wort, das nicht auf einem Unterstrom von Schelmerei und Glück dahintanzte.

»Gott lasse ihn glücklich heimkehren!« sagte Frau Kirstine.

Tale Thott lachte auf, kurz, leise, wie ihr Weinen früher nur ein leichtes Überquellen des gewaltigen Glückstromes in ihr.

Dachte Frau Kirstine auch daran, welch gefährliche Nacht dies war? Nun pflegte die Flußnixe auf den Ritter zu lauern und ihn anzulocken, wenn er durch die Auen heimritt. Denket doch, wie es Herrn Olaf ergangen und so manchem anderen! Alles hing davon ab, daß der Bräutigam fest war in seiner Liebe, dann hatte die Flußnixe keine Gewalt über ihn. Glaubte Frau Kirstine, daß Anders Banner in seiner Liebe fest war?

»Es scheint mir nicht geraten, mit den Unterirdischen seinen Scherz zu treiben«, sagte Frau Kirstine.

Tale Thott merkte, daß sie der Frage auswich und ihr Ton gepreßt klang. Sie lachte abermals, schlug die Arme um Frau Kirstine und drückte sie.

Nein, nein, es wunderte sie nicht, daß Frau Kirstine nicht sagen wollte, sie glaube an Anders Banners Liebe. Seht, sie, Tale Thott, war ihm gut gewesen, schon als kleines Jüngferchen, aber da hatte er, der erwachsene Mann, sie nicht einmal angeblickt, hatte er auch nur darnach gefragt, als sie sie Herrn Arild verlobten? Ach, Frau Kirstine, Herr Arild, daß sie nun seiner los und ledig war!

»Daß Du doch meinem Blutsverwandten so gram bist, Tale!« sagte Frau Kirstine.

Die Jungfrau lächelte und drückte Frau Kirstinens Hand. Es war ein großer Freundschaftsbeweis von Frau Kirstine, daß sie zur Hochzeit gekommen war, obgleich Tale Thott Herrn Arild so schwer verunglimpft. Darum sollte sie auch gar nichts Böses von ihm sagen. Sie verspürte auch nicht die mindeste Lust, von ihm zu sprechen. Ihn vergessen, das wollte sie. Und was war es doch, von dem sie eben geredet? Sie wollte Frau Kirstine um Rat fragen, von wegen Anders Banner. Die Leute hatten ja von Anfang an gesagt, daß er nichts nach ihr fragte.

Ja, das hatte Frau Kirstine gehört.

So war es auch gewesen, bekräftigte Jungfrau Tale. Das schwerste Leid, das sie in diesem Jahre getragen, war doch, daß sie nicht wußte, ob Anders Banner sie anders begehrte, als aus Haß gegen Arild Urup. Sie waren Feinde geworden nach einem Ochsenhandel auf Skurups Markt. Diese Ochsen – sie wußte nicht, ob sie sie haßte oder liebte. Sie waren der Ursprung ihres Glückes, dennoch hatte sie sich ihrethalben oft in den Schlaf geweint.

Frau Kirstine hatte wohl von ihr, Tale Thott, gehört, daß sie stolz und hoffärtig sei, aber das war nicht wahr, niemand trug ein demütigeres Magdherz in der Brust. Niemand hatte sich so im Staube winden müssen, wie sie. Und um der Liebe willen mußte sie sich also demütigen.

Es war kurze Zeit nach ihrem Verlöbnis mit Arild Urup, da waren sie und er bei einem Hochzeitsschmaus auf Skabersjö gewesen. Und da war auch Anders Banner.

Ach, ach! Sie legte beide Hände auf den Mund, küßte die Finger und streckte die Arme aus, um die Erinnerung, die Nacht, den Mondschein zu umfangen. »So trieb ich es früher, als ich hier seufzend und hoffnungslos ging«, sagte sie. »Aber denkt, Frau Kirstine, heute Nacht, Morgen! Da trinken wir auf Eriksholm den Hochzeitstrank!«

Wieder durchfuhr sie ein Schluchzen, wieder begann sie zu sprechen. Arild Urup hatte Anders Banner mit einem paar Ochsen betrogen, und Anders Banner hatte geschworen, Arild Urup etwas zu nehmen, das mehr wert war, als viele Ochsen. Darum hatte er sich um sie bemüht, als sie sich auf Skabersjö trafen. Das war wohl kein Grund zu großer Freude, oder wie dünkte es Frau Kirstine?

Nein, das war Frau Kirstines aufrichtige Meinung.

Aber dies war dennoch der Anlaß gewesen, daß er sie bemerkt und mit ihr Zwiesprache gepflogen hatte. Sonst hätte des Königs Lehnsherr wohl nicht einen Deut nach solch einem Jüngferchen, wie sie, gefragt. Und nach dieser Begegnung hatte sie doch den Mut gefaßt, zu hoffen, Herrn Arild zu entgehen, nach diesem hatte sie begonnen, ihre Mutter so recht herzinniglich zu bitten, ihm den Abschied zu geben.

Frau Kirstine meinte wohl, sie hätte wie eine Törin gehandelt. Man sagte ja, sie trotzte Gott um Anders Banners willen, aber sie glaubte nicht, daß sie das tat. Doch ihrem ganzen Stamme hatte sie getrotzt. Und sie selbst war es, die, als Herr Arild in den Krieg gezogen war, dem Ritter geschrieben hatte, er möge kommen und um sie freien. Denkt, sie hatte zuerst geschrieben. Glaubte Frau Kirstine, daß solches zu gutem Ende führen konnte?

Rund um sie hatte man immer wieder gesagt, daß Anders Banner ihr nicht in Minne zugetan war, daß er bloß Arild Urup das rauben wollte, das mehr galt als zwei Ochsen. Das sagten sie noch heute. Frau Kirstine glaubte es wohl noch in diesem Augenblicke.

Und sie schmiegte ihr schelmisches Antlitz an Frau Kirstines Wange, einen Kummer zeigend, den sie nicht fühlte, eine Unruhe, die keinen Raum in ihr fand. Dann lachte sie ihr gerade in die Augen und schwenkte sie herum, so daß sie gegen den Tanzplan kam. »Seht, seht, Frau Kirstine, nun feiern wir Hochzeit auf Eriksholm.«

Dann fing sie wieder an. Sie stolz! Ach, Frau Kirstine, sie stolz! Denkt, daß sie selbst, das junge Jungfräulein, zu Hofe hatte ziehen müssen. Denkt, alle die Kniefälle, alle Bitten! Und all dies um einen Mann, der vielleicht gar nicht nach ihr fragte. Er überließ es ihr ja, für jegliches zu sorgen. Kannte es sein, daß er Arild Urup bloß den Ochsenhandel heimzahlen wollte?

Aber das Ärgste, das Schwerste, das sie hatte tun müssen, war das Warten gewesen. Denkt, als der König befohlen hatte, sie dürfe nicht früher mit Anders Banner Hochzeit machen, bis sie ein Jahr noch auf Arild Urup gewartet.

Dies Jahr hatte ihre Jugend von ihr genommen. Dies Jahr war wie hundert gewesen.

Wenn Arild Urup es schwer gehabt hatte, dort, wo er gefangen lag, ihr war es nicht besser geworden. Sie hatte nicht gewagt, zu tanzen, nicht, sich zu freuen. Sie hatte es nicht vermocht, stille zu sitzen bei Webstuhl oder Spinnrad.

Wenn Anders Banner nach Eriksholm gekommen war, hatte sie sich nicht gezeigt. Sie hatte es nicht gewagt. Ihre Mutter durfte nicht an ihrem Brautschatz nähen. Sie hatte es nicht gewagt. Sie wagte es nicht, einen solchen Gedanken zu haben. Sie wagte nicht die Tage zu zählen, die von dem Wartejahr verronnen waren.

Sie legte ihren Arm in den Frau Kirstines. »Kommt«, sagte sie, und wollte Frau Kirstine von dem hellen Tanzplan in des Parkes tieferes Dunkel mit sich ziehen.

»Nein«, sagte Frau Kirstine, und es erschauerte gleichsam in ihr.

»Nur dorthin zum Hügel, wo man über die Heerstraße sieht. Dort lebte ich, Frau Kirstine, Tag um Tag. Dort saß ich, dort ging ich, dort stand ich. Dort stand ich und lauschte dem Hufschlag weit, weit weg. Und jeder Huf, der gegen einen Stein klang, brachte mir Kunde, daß Arild Urup frei war aus seinem Kerker, und jeder Federbusch, der über die Landstraße wehte, jede schimmernde Lanzenspitze. Das Schrecklichste war, ihn wiederzuerkennen, in jedem Reiter, groß oder klein, jung oder alt, der in den Burghof ritt. Ach, mich dünkt, ich achtete selbst auf die Pferdeknechte, ich dachte zuweilen, er könnte als Weib verkleidet erscheinen. Kommt, Frau Kirstine, noch einmal will ich hingehen!«

Doch Frau Kirstine wollte es nicht. Es wäre so tief im Parke, sagte sie. Aber Tale Thott bat Frau Kirstine so recht herzinniglich, sie dorthin zu begleiten. Sie wollte zu dem Hügel, heute Abend, da das Glück so gar zu groß und hoch war, daß sie sich die Bitterkeit der vergangenen Zeiten ins Gedächtnis rufen mußte, um nicht davon erstickt zu werden, um nicht vor Freude den Verstand zu verlieren.

Da gab Frau Kirstine nach und ging mit ihr. Es ist Gottes Wille, sagte sie zu sich selbst.

Und Frau Kirstine, von schweren Pflichten zerrissen, dachte in verworrenen Gedanken, daß Gott nicht mit sich scherzen läßt und darüber wacht, daß Schwüre und Eide nicht gebrochen werden. Aber dennoch fiel es ihr gar schwer, mit Jungfrau Tale fort von Licht und Tanz zu gehen.

Sie kamen bald an des Parkes Grenzen. Er glich dort mehr einem gewöhnlichen Wald und war reich an dichtem Gestrüpp. Dort lag ein Hügel mit weichem, grasbewachsenem Abhang und einer Buche auf der Spitze. Frau Kirstine horchte gespannt und zuckte beim leisesten Rascheln zusammen. Mehr als einmal lachte Jungfrau Tale darob.

Sie kamen auf den Hügel und standen dort im Mondschein, weit im Umkreise sichtbar. »Dort geht die Landstraße«, sagte Tale Thott. Und sie verschlang die Hände und atmete schwer. Hier kam einen Augenblick die alte Angst über sie. Dann schloß sie die Augen und machte sich klar, daß sie hier stand und glücklich war, hier an diesem Orte des Entsetzens. »Denkt, daß ich all dies um einen Mann litt, auf dessen Sinn ich nicht bauen konnte«, sagte sie.

»Laß uns gehen«, bat Frau Kirstine ganz sachte.

Nein, sie wollte nicht. Just hier wollte sie Frau Kirstine das Allerwichtigste sagen.

Wußte sie, wie es ihr ergangen war, als sie das erreicht hatte, was sie aus tiefster Seele gewünscht, als das Wartejahr verstrichen war, ohne daß Herr Arild wiedergekommen? Eine Weile war sie dessen überdrüssig geworden. Sie hatte gegrübelt und gezweifelt, während man zur Hochzeit rüstete. Was für eine Freude war es doch, Anders Banners Gemahl zu werden? Wenn er sie nun nicht liebte! Denkt, sie hätte mit ihm brechen können, wie mit Herrn Arild, wenn es nicht der Schande wegen gewesen wäre. Sie hätte gewünscht, daß es noch Klöster im Lande gäbe. Aber heute, ja, Frau Kirstine wußte ja, daß Anders Banner ringsum im Lande ritt, um zum Hochzeitsfeste zu laden, so war ja der Brauch. Und man hatte ihn ja nicht vor Mitternacht daheim erwarten können. Aber er war daheim gewesen, denkt, er war daheim gewesen!

Was konnte das bedeuten, Frau Kirstine? Er hatte sich gleichsam hereingeschlichen in der Dämmerung und hatte ihr sagen lassen, daß er sie sehen wollte. Und sie war zu ihm in den Lustgarten gekommen.

»Tale Thott«, sagte Frau Kirstine, »so ist Dir nun auch dies zu teil geworden, daß er Dich liebt. Laß uns nun gehen! Warum sitzest Du hier? Laß uns gehen!«

Wenn trotz allem, was Frau Kirstine von Gottes Walten wußte und vom Untergang der Übermütigen und der Erniedrigung der Wortbrüchigen, dünkte ihr dies doch ein zu großes Glück, um verscherzt zu werden. Und sie bat einmal ums andere: »Laß uns gehen.«

Aber Jungfrau Tale war glücklich an diesem fernen Orte, wo sie frei und frank von ihrem Glücke reden konnte.

Also Frau Kirstine glaubte, daß, wenn Anders Banner sich nach Hause geschlichen hatte, um sie zu sehen, dies bedeutete, daß er ihr gut war. Er hatte nicht einen ganzen Tag von ihr ferne sein können, ohne sie zu sehen. Schon daran konnte Frau Kirstine erkennen, daß er ihr so wohl gewogen. Und wenn sie nun erst seine Worte gehört hätte!

Sie hatte ihn gefragt, ob er seine Fahrt schon beendet! Ach nein, aber er hatte nach Eriksholm umkehren müssen, um sie zu sehen – zu sehen, daß sie keinerlei Gefahr lief. Und darnach fragte er so viel? Ob er darnach fragte, ob er darnach fragte!

Er hatte ihre Hand genommen und sie so gedrückt, als wollte er sie zerpressen. Warum war sie so stolz gegen ihn? Warum trug sie allen Kummer einsam? Hatte sie keine Liebe für ihn, da sie ihn nichts von der Bürde tragen lassen wollte? Sie sollte nicht glauben, daß er sich so beiseite schieben lassen würde, wenn sie die Seine geworden war. Was wollte sie von ihm, wenn sie ihm nicht gut war? Nahm sie ihn nur, um Arild Urup zu entfliehen?

Und sie hatten einige Augenblicke miteinander sprechen können. Sie hatte ihm gesagt, wie lange sie ihn im Herzen getragen. Und ihn gefragt, ob er um der Ochsen willen um sie gefreit. Nein, darauf wollte er gar nicht antworten. Er war böse geworden, so böse.

Seht, darum erstickte das Glück sie beinahe. Sie wußte nicht, ob sie stand oder ging. Sie konnte nicht unter den anderen sein. Wenn kein Glück war, wie das ihre, kein Glück.

»Laß uns doch zu ihnen gehen!« bat Frau Kirstine.

Frau Kirstine hatte von Kaisern und Päpsten gehört, die ihre Feinde zum Gastmahl geladen und sie an der Tafel mitten unter Freundschaftsworten und Fröhlichkeit vergiftet hatten. Frau Kirstine wollte es bedünken, als wüßte sie nun, wie es war, als Wirt an solch einem Tisch zu sitzen.

Jungfrau Tale bat sie, sie möge stille bleiben. Ob sie wohl wußte, wie köstlich es für sie war, hier weilen zu dürfen, weit weg von Lärm und Lustigkeit, und daran zu denken, daß sie ihm teuer war.

Frau Kirstine sank in den Rasen hinab, ihre Beine zitterten unter ihr, so daß sie kaum stehen konnte. Gottes Hand! Dies war wohl Gottes Hand!

»Wenn Anders Banner heute Nacht hier vorbeigeritten kommt«, sagte Jungfrau Tale, »dann glaubt er wohl, daß wir Flußnixen sind, die ihn locken wollen.« Und sie erklärte Frau Kirstine, daß sie hier verbleiben wollte, bis er geritten kam.

»Wüßtet Ihr bloß, wie wenig wir noch miteinander gesprochen und wie viel wir uns zu fragen und zu sagen haben. Er soll mir erzählen, wie mein Glück werden wird, Frau Kirstine, wie wir leben und Hausen wollen. Ich weiß nicht viel mehr von ihm, als wenn er ein Bergkönig wäre, der mich hinein in den Berg führte.«

Frau Kirstine sprach nicht mehr, die Stimme würde ihr versagt haben. Sie saßen im Grase unter der Buche und warteten, indes der Nebel sich über die feuchte Erde den Hügel hinabbringelte und sie mit treugläubigen Augen sahen, wie unter dünnen, durchsichtigen Schleiern die Flußnixen sich im Tanze wiegten.

* *
*

Unterdessen stand Arild Urup unten am Fuße des Hügels im Dickicht verborgen. Er selbst stand da, groß und gelassen, frei von Ketten und Banden, seinen Hund Kark neben sich.

Er hatte zwei Freunde gehabt, Otto Brake und Mauritz Podebusk, die es bewirkten, daß er losgelassen wurde. Dann hatte er einen Ritt durch Schweden gemacht und war drei Tage vor der Hochzeit in Ugerup gelandet. Er hatte Frau Kirstine Kaas überredet, am Abend vor der Hochzeit die Braut weit weg in den Lustgarten zu locken. Andere Vorbereitungen hatte er nicht getroffen.

Aber bevor er nach Eriksholm ritt, löste er Kark, seinen guten Hund, von der Kette, an der er nun zehn Jahre gebunden gestanden hatte. Er langte zeitlich abends an und schlich im Lustgarten umher.

Solch eine stille Nacht! All sein Zorn konnte nicht dagegen standhalten. Es war, wie wenn der Orkan der Windstille begegnet und all seine Kraft in ihren Frieden ergießt.

Er ging und horchte auf den Tanz und den Jubel dorten im Schloßhof. Das lockte ihn. Er hätte lieber dort oben zwischen den Fackeln stehen und aus vollem Halse eine Kampfesweise singen mögen, anstatt hier im Parkesdunkel umherzuschleichen. Er sah Weinfässer ins Schloß tragen, und aus der Garküche kamen lange Züge von Knappen, die Gerichte trugen. In seinen Plänen trat ein Umschwung ein. Der Hunger des Gefangenen nach allem Leckeren und Schönen kam über ihn. Ein Einfaltspinsel war er, wenn er hier draußen umherwanderte. Lieber hineingehen, Frieden mit Jungfrau Tale und Frau Elsa schließen und mit beim

Schmause sein. Mädchen gab es wohl mehr, doch solch ein Fest kam nicht so leicht wieder.

Da kam es ihm in den Sinn, daß er verlacht werden würde. Nun, darum scherte er sich den Kuckuck, er, Arild Urup. Er wußte, was ihm am besten taugte.

Da kam die Jungfrau und Frau Kirstine durch den Lustgarten gegangen und sie streiften beinahe an seiner Ecke vorbei, wo er stand und grübelte. Er wurde stutzig. Wie Frau Kirstine sagte er, daß dies Gottes Hand war.

Er hörte Tale Thotts Worte. Er war jetzt so freundlich gestimmt, daß er gerührt wurde von ihrem Glück. Sie konnte es ja mit Freuden behalten. Ihm machte es ja nur Mühe und Plage, sie zu zwingen. Er war doch nicht mit knapper Not dem Gefängnis entronnen, um sich allsogleich in eine neue Gefahr zu stürzen, die ihm Leib und Leben kosten konnte.

Er lauschte mehr dem Lärm des Tanzplatzes, als den Worten der Jungfrau. Das war ein Lachen, das sich hören ließ. Ja, gewiß waren wandernde Gaukler da. Und Maskierte und Bläser und Kraftmenschen mußten auch dabei sein. Dort wollte er hin. Hier im Walde war es nicht besser, als in König Eriks Gefängnis.

Er wollte sich nicht rühren, solange die Jungfrau noch auf dem Hügel saß. Er wollte nicht von ihr gesehen werden, wie er sich, gleich einem Wilddieb, aus dem Dickicht hervorschlich. Aber wie sie gegangen war, würde er sein Pferd besteigen, auf den Weg hinausreiten und in so geschwindem Lauf nach Eriksholm traben, daß die Zugbrücke donnern und schwanken sollte. Und Frau Elsa und den anderen würde er es zurufen, daß er alles vergab, aber aus dem Hochzeitsfeste wollte er mit dabei sein.

Er dachte nach, ob irgend ein Gast willkommener sein würde.

Es ergötzte ihn, daran zu denken, und darum ließ er sich zum Warten reichlich Zeit. Kark saß unruhig und blickte zu ihm auf, er bebte vor Kälte und Jagdeifer. Arild Urup sah ihn mit Verwunderung an. Es war, als merkte er jetzt erst, daß er den Hund mit hatte. Was in aller Welt sollte er mit ihm? Er mußte zusehen, daß er gebunden wurde, sobald er in den Hof kam. Der Hund war noch gefährlich, er hatte seine alten Künste nicht vergessen.

Nun, gedachte die Jungfrau sich endlich von der Stelle zu rühren, oder würde sie ihn die ganze Nacht hier stehen und dürsten lassen?

Da plötzlich sprang Jungfrau Tale auf und rief: »Er kommt.« Sie hatte Pferdegetrappel gehört und lief den Hügel hinab, Anders Banner entgegen.

Aber Frau Kirstine hörte zu gleicher Zeit ein heftiges Rascheln im Dickicht unter dem Hügel. Da eilte sie im Laufe dem Schlosse zu. Sie wollte nicht Zeuge dessen sein, was nun geschehen mußte.

Kark war aufgestürzt, als die Jungfrau zu laufen begonnen hatte. Er entsann sich seiner alten Lektion, fuhr auf Tale Thott los und warf sie zu Boden. Dann blieb er über ihr stehen, die Vorderfüße auf ihrer Brust, den klaffenden Rachen über ihrer Kehle, so daß seine Zähne die Halshaut kitzelten. Arild Urup hatte ihn nicht angereizt, seine Absichten waren ganz andere gewesen.

Die Jungfrau stieß einen einzigen, wilden Schrei aus, dann blieb sie still liegen. Sie war wie gelähmt: kein Mensch hätte sie so erschrecken können, wie jenes Untier, das über sie gefahren kam.

Entsetzen auf Entsetzen – nach dem Ungeheuer, das sie niedergeworfen hatte und sie töten wollte, kam ein Mann und beugte sich über sie. Sie sah ein wildes, grinsendes Antlitz, starke, blanke Zahnreihen und große Augäpfel, Arild Urup.

Was sie nun fühlte, war nicht so sehr Schmerz als Tod. Wenn man sagen kann, daß ein Lebender den Tod gefühlt, so tat sie es nun. Es war ein lähmendes Gefühl in ihr, nichts zu hoffen, nichts zu betrauern, und der Schmerz war über seine Grenzen gegangen, er war tot. Der Schmerz tat sein Werk in ihr, aber er wurde nicht gefühlt. Nur eines war es, das sie noch quälte, die entfernten Aufschläge von der Straße. Sie hörte sie, als gingen sie über sie hinweg. Es war das Glück, das geritten kam, zu spät, zu spät. Die Hufschläge hörte sie ihr ganzes Leben lang.

Aber Arild Urup sah Tale Thott unter Karks Bissen, er sah sie wehrlos in seiner Gewalt, und das Raubtier in ihm erwachte zum Leben. Da war sie, die ihn betrogen, als er sein Recht nicht verteidigen konnte, da war sie, die nicht die Seine werden wollte, die seine Gaben mit Füßen getreten. Der Rachegedanke loderte in ihm auf. Nein, nein, nein, nimmer konnte er vergeben. Dies war weit mehr als alle Feste. Er wollte ihr alles Böse tun, alles Böse.

Er beugte sich grinsend über sie. Ja, mitten im Glücke, mitten im Feste wollte er sie nehmen, sie rauben mit Schimpf und Gewalt. Dies sollte ihre Hochzeit sein.

Er sah, wie Karks Zähne ihre Kehle kitzelten und lachte laut. Er löste seine Schärpe und verband ihren Mund. Dann schleppte er sie durch das Dickicht fort, zum Pferde. Er schwang sich auf sein Roß und ritt von dannen, die Jungfrau hing über dem Sattel, wie ein zuschanden geschossenes Tier.

Erzählungen der Frühromantik

1799 schreibt Novalis seinen Heinrich von Ofterdingen und schafft mit der blauen Blume, nach der der Jüngling sich sehnt, das Symbol einer der wirkungsmächtigsten Epochen unseres Kulturkreises. Ricarda Huch wird dazu viel später bemerken: »Die blaue Blume ist aber das, was jeder sucht, ohne es selbst zu wissen, nenne man es nun Gott, Ewigkeit oder Liebe.«

Tieck Peter Lebrecht **Günderrode** Geschichte eines Braminen **Novalis** Heinrich von Ofterdingen **Schlegel** Lucinde **Jean Paul** Des Luftschiffers Giannozzo Seebuch **Novalis** Die Lehrlinge zu Sais
ISBN 978-3-8430-1878-4, 416 Seiten, 29,80 €

Erzählungen der Hochromantik

Zwischen 1804 und 1815 ist Heidelberg das intellektuelle Zentrum einer Bewegung, die sich von dort aus in der Welt verbreitet. Individuelles Erleben von Idylle und Harmonie, die Innerlichkeit der Seele sind die zentralen Themen der Hochromantik als Gegenbewegung zur von der Antike inspirierten Klassik und der vernunftgetriebenen Aufklärung.

Chamisso Adelberts Fabel **Jean Paul** Des Feldpredigers Schmelzle Reise nach Flätz **Brentano** Aus der Chronika eines fahrenden Schülers **Motte Fouqué** Undine **Arnim** Isabella von Ägypten **Chamisso** Peter Schlemihls wundersame Geschichte **Hoffmann** Der Sandmann **Hoffmann** Der goldne Topf
ISBN 978-3-8430-1879-1, 408 Seiten, 29,80 €

Erzählungen der Spätromantik

Im nach dem Wiener Kongress neugeordneten Europa entsteht seit 1815 große Literatur der Sehnsucht und der Melancholie. Die Schattenseiten der menschlichen Seele, Leidenschaft und die Hinwendung zum Religiösen sind die Themen der Spätromantik.

Brentano Die drei Nüsse **Brentano** Geschichte vom braven Kasperl und dem schönen Annerl **Hoffmann** Das steinerne Herz **Eichendorff** Das Marmorbild **Arnim** Die Majoratsherren **Hoffmann** Das Fräulein von Scuderi **Tieck** Die Gemälde **Hauff** Phantasien im Bremer Ratskeller **Hauff** Jud Süss **Eichendorff** Viel Lärmen um Nichts **Eichendorff** Die Glücksritter
ISBN 978-3-8430-1880-7, 440 Seiten, 29,80 €

Erzählungen aus dem Biedermeier

Biedermeier - das klingt in heutigen Ohren nach langweiligem Spießertum, nach geschmacklosen rosa Teetässchen in Wohnzimmern, die aussehen wie Puppenstuben und in denen es irgendwie nach »Omma« riecht.

Zu Recht. Aber nicht nur.

Biedermeier ist auch die Zeit einer zarten Literatur der Flucht ins Idyll, des Rückzuges ins private Glück und der Tugenden. Die Menschen im Europa nach Napoleon hatten die Nase voll von großen neuen Ideen, das aufstrebende Bürgertum forderte und entwickelte eine eigene Kunst und Kultur für sich, die unabhängig von feudaler Großmannssucht bestehen sollte.

Georg Büchner Lenz **Karl Gutzkow** Wally, die Zweiflerin **Annette von Droste-Hülshoff** Die Judenbuche **Friedrich Hebbel** Matteo **Jeremias Gotthelf** Elsi, die seltsame Magd **Georg Weerth** Fragment eines Romans **Franz Grillparzer** Der arme Spielmann **Eduard Mörike** Mozart auf der Reise nach Prag **Berthold Auerbach** Der Viereckig oder die amerikanische Kiste

ISBN 978-3-8430-1884-5, 444 Seiten, 29,80 €

Erzählungen aus dem Biedermeier II

Annette von Droste-Hülshoff Ledwina **Franz Grillparzer** Das Kloster bei Sendomir **Friedrich Hebbel** Schnock **Eduard Mörike** Der Schatz **Georg Weerth** Leben und Taten des berühmten Ritters Schnapphahnski **Jeremias Gotthelf** Das Erdbeerimareili **Berthold Auerbach** Lucifer

ISBN 978-3-8430-1885-2, 440 Seiten, 29,80 €

Erzählungen aus dem Biedermeier III

Eduard Mörike Lucie Gelmeroth **Annette von Droste-Hülshoff** Westfälische Schilderungen **Annette von Droste-Hülshoff** Bei uns zulande auf dem Lande **Berthold Auerbach** Brosi und Moni **Jeremias Gotthelf** Die schwarze Spinne **Friedrich Hebbel** Anna **Friedrich Hebbel** Die Kuh **Jeremias Gotthelf** Barthli der Korber **Berthold Auerbach** Barfüßele

ISBN 978-3-8430-1886-9, 452 Seiten, 29,80 €